VICTOR HUGO

LES

MISÉRABLES

TROISIÈME PARTIE

MARIUS

II

PARIS

PAGNERRE, LIBRAIRE-ÉDITEUR

18 RUE DE SEINE 18

M DCCC LXII

LES

MISÉRABLES

—

TOME SIXIÈME

ÉDITEURS

A. LACROIX, VERBOECKHOVEN ET Cⁱᵉ

A BRUXELLES

VICTOR HUGO

LES

MISÉRABLES

TROISIÈME PARTIE

MARIUS

II

PARIS

PAGNERRE, LIBRAIRE-ÉDITEUR
18 RUE DE SEINE 18

MDCCCLXII

LIVRE SIXIÈME

LA CONJONCTION DE DEUX ÉTOILES

I

LE SOBRIQUET : MODE DE FORMATION DES NOMS DE FAMILLE

Marius à cette époque était un beau jeune homme de moyenne taille avec d'épais cheveux très-noirs, un front haut et intelligent, les narines ouvertes et passionnées, l'air sincère et calme, et sur tout son visage je ne sais quoi qui était hautain, pensif et innocent. Son profil, dont toutes les lignes étaient arrondies sans cesser d'être fermes,

avait cette douceur germanique qui a pénétré dans
la physionomie française par l'Alsace et la Lor-
raine, et cette absence complète d'angles qui rendait les sicambres si reconnaissables parmi les ro-
mains et qui distingue la race léonine de la race
aquiline. Il était à cette saison de la vie où l'esprit
des hommes qui pensent se compose, presque à
proportions égales, de profondeur et de naïveté.
Une situation grave étant donnée, il avait tout ce
qu'il fallait pour être stupide ; un tour de clef de
plus, il pouvait être sublime. Ses façons étaient
réservées, froides, polies, peu ouvertes. Comme sa
bouche était charmante, ses lèvres les plus ver-
meilles et ses dents les plus blanches du monde,
son sourire corrigeait ce que toute sa physionomie
avait de sévère. A de certains moments, c'était un
singulier contraste que ce front chaste et ce sourire voluptueux. Il avait l'œil petit et le regard
grand.

Au temps de sa pire misère, il remarquait que
les jeunes filles se retournaient quand il passait, et
il se sauvait ou se cachait, la mort dans l'âme. Il
pensait qu'elles le regardaient pour ses vieux habits et qu'elles en riaient ; le fait est qu'elles le re-

gardaient pour sa grâce et qu'elles en rêvaient.

Ce muet malentendu entre lui et les jolies pas-
santes l'avait rendu farouche. Il n'en choisit aucune, par l'excellente raison qu'il s'enfuyait devant
toutes. Il vécut ainsi indéfiniment, — bêtement,
disait Courfeyrac.

Courfeyrac lui disait encore : — N'aspire pas à
être vénérable (car ils se tutoyaient, glisser au tu-
toiement est la pente des amitiés jeunes). Mon cher,
un conseil. Ne lis pas tant dans les livres et regarde un peu plus les margotons. Les coquines ont
du bon, ô Marius ! A force de t'enfuir et de rougir,
tu t'abrutiras.

D'autres fois Courfeyrac le rencontrait et lui disait : — Bonjour, monsieur l'abbé.

Quand Courfeyrac lui avait tenu quelque propos
de ce genre, Marius était huit jours à éviter plus
que jamais les femmes, jeunes et vieilles, et il évitait par-dessus le marché Courfeyrac.

Il y avait pourtant dans toute l'immense création deux femmes que Marius ne fuyait pas et auxquelles il ne prenait point garde. A la vérité on
l'eût fort étonné si on lui eût dit que c'étaient des
femmes. L'une était la vieille barbue qui balayait

sa chambre et qui faisait dire à Courfeyrac : Voyant
que sa servante porte sa barbe, Marius ne porte
point la sienne. L'autre était une espèce de petite
fille qu'il voyait très-souvent et qu'il ne regardait
jamais.

Depuis plus d'un an, Marius remarquait dans
une allée déserte du Luxembourg, l'allée qui longe
le parapet de la Pépinière, un homme et une toute
jeune fille presque toujours assis côte à côte sur le
même banc à l'extrémité la plus solitaire de l'allée,
du côté de la rue de l'Ouest. Chaque fois que ce
hasard qui se mêle aux promenades des gens dont
l'œil est retourné en dedans, amenait Marius dans
cette allée, et c'était presque tous les jours, il y
retrouvait ce couple. L'homme pouvait avoir une
soixantaine d'années; il paraissait triste et sérieux;
toute sa personne offrait cet aspect robuste et fa-
tigué des gens de guerre retirés du service. S'il
avait eu une décoration, Marius eût dit : c'est un
ancien officier. Il avait l'air bon, mais inabordable,
et il n'arrêtait jamais son regard sur le regard de
personne. Il portait un pantalon bleu, une redingote bleue et un chapeau à bords larges, qui paraissaient toujours neufs, une cravate noire et une

chemise de quaker, c'est-à-dire éclatante de blancheur, mais de grosse toile. Une grisette passant
un jour près de lui, dit : Voilà un veuf fort propre.
Il avait les cheveux très-blancs.

La première fois que la jeune fille qui l'accom-
pagnait vint s'asseoir avec lui sur le banc qu'ils
semblaient avoir adopté, c'était une façon de fille
de treize ou quatorze ans, maigre, au point d'en
être presque laide, gauche, insignifiante, et qui
promettait peut-être d'avoir d'assez beaux yeux.
Seulement ils étaient toujours levés avec une sorte
d'assurance déplaisante. Elle avait cette mise à la
fois vieille et enfantine des pensionnaires de cou-
vent; une robe mal coupée de gros mérinos noir.
Ils avaient l'air du père et de la fille.

Marius examina pendant deux ou trois jours cet
homme vieux qui n'était pas encore un vieillard et
cette petite fille qui n'était pas encore une personne, puis il n'y fit plus aucune attention. Eux de
leur côté semblaient ne pas même le voir. Ils cau-
saient entre eux d'un air paisible et indifférent. La
fille jasait sans cesse, et gaiement. Le vieux homme
parlait peu, et, par instants, il attachait sur elle
des yeux remplis d'une ineffable paternité.

Marius avait pris l'habitude machinale de se promener dans cette allée. Il les y retrouvait invaria-
blement.

Voici comment la chose se passait :

Marius arrivait le plus volontiers par le bout de
l'allée opposé à leur banc, il marchait toute la lon-
gueur de l'allée, passait devant eux, puis s'en retournait jusqu'à l'extrémité par où il était venu,
et recommençait. Il faisait ce va-et-vient cinq ou
six fois dans sa promenade, et cette promenade
cinq ou six fois par semaine sans qu'ils en fussent arrivés, ces gens et lui, à échanger un salut.
Ce personnage et cette jeune fille, quoiqu'ils pa-
russent et peut-être parce qu'ils paraissaient éviter les regards, avaient naturellement quelque peu
éveillé l'attention des cinq ou six étudiants qui
se promenaient de temps en temps le long de la
pépinière; les studieux après leur cours, les autres
après leur partie de billard. Courfeyrac, qui était
des derniers, les avait observés quelque temps,
mais trouvant la fille laide, il s'en était bien vite et
soigneusement écarté. Il s'était enfui comme un
parthe en leur décochant un sobriquet. Frappé uni-
quement de la robe de la petite et des cheveux du

vieux, il avait appelé la fille *mademoiselle Lanoire*
et le père *monsieur Leblanc,* si bien que, personne
ne les connaissant d'ailleurs, en l'absence du nom,
le surnom avait fait loi. Les étudiants disaient :
— Ah ! monsieur Leblanc est à son banc ! et Marius, comme les autres, avait trouvé commode
d'appeler ce monsieur inconnu M. Leblanc.

Nous ferons comme eux, et nous dirons M. Leblanc pour la facilité de ce récit.

Marius les vit ainsi presque tous les jours à la
même heure pendant la première année. Il trouvait l'homme à son gré, mais la fille assez maus-
sade.

II

LUX FACTA EST

La seconde année, précisément au point de cette histoire où le lecteur est parvenu, il arriva que cette habitude de Luxembourg s'interrompit, sans que Marius sût trop pourquoi lui-même, et qu'il fut près de six mois sans mettre les pieds dans son allée. Un jour enfin il y retourna ; c'était par une sereine matinée d'été, Marius était joyeux comme on l'est quand il fait beau. Il lui semblait qu'il avait dans le cœur tous les chants d'oiseaux qu'il entendait et tous les morceaux de ciel bleu qu'il voyait à travers les feuilles des arbres.

Il alla droit à « son allée, » et quand il fut au bout, il aperçut, toujours sur le même banc, ce couple connu. Seulement, quand il approcha, c'était bien le même homme; mais il lui parut que ce n'était plus la même fille. La personne qu'il voyait maintenant était une grande et belle créature ayant toutes les formes les plus charmantes de la femme à ce moment précis où elles se combinent encore avec toutes les grâces les plus naïves de l'enfant; moment fugitif et pur que peuvent seuls traduire ces deux mots : quinze ans. C'étaient d'admirables cheveux châtains nuancés de veines dorées, un front qui semblait fait de marbre, des joues qui semblaient faites d'une feuille de rose, un incarnat pâle, une blancheur émue, une bouche exquise d'où le sourire sortait comme une clarté et la parole comme une musique, une tête que Raphaël eût donnée à Marie posée sur un cou que Jean Goujon eût donné à Vénus. Et, afin que rien ne manquât à cette ravissante figure, le nez n'était pas beau, il était joli; ni droit ni courbé, ni italien ni grec; c'était le nez parisien; c'est-à-dire quelque chose de spirituel, de fin, d'irrégulier et de pur, qui désespère les peintres et qui charme les poëtes.

Quand Marius passa près d'elle, il ne put voir ses yeux qui étaient constamment baissés. Il ne vit que ses longs cils châtains pénétrés d'ombre et de pudeur.

Cela n'empêchait pas la belle enfant de sourire tout en écoutant l'homme à cheveux blancs qui lui parlait, et rien n'était ravissant comme ce frais sourire avec des yeux baissés.

Dans le premier moment, Marius pensa que c'était une autre fille du même homme, une sœur sans doute de la première. Mais quand l'invariable habitude de la promenade le ramena pour la seconde fois près du banc, et qu'il l'eut examinée avec attention, il reconnut que c'était la même. En six mois, la petite fille était devenue jeune fille; voilà tout. Rien n'est plus fréquent que ce phénomène. Il y a un instant où les filles s'épanouissent en un clin d'œil et deviennent des roses tout à coup. Hier on les a laissées enfants, aujourd'hui on les retrouve inquiétantes.

Celle-ci n'avait pas seulement grandi, elle s'était

idéalisée. Comme trois jours en avril suffisent à de certains arbres pour se couvrir de fleurs, six mois lui avaient suffi pour se vêtir de beauté. Son avril à elle était venu.

On voit quelquefois des gens qui, pauvres et mesquins, semblent se réveiller, passent subitement de l'indigence au faste, font des dépenses de toutes sortes, et deviennent tout à coup éclatants, prodigues et magnifiques. Cela tient à une rente empochée; il y a eu une échéance hier. La jeune fille avait touché son semestre.

Et puis ce n'était plus la pensionnaire avec son chapeau de peluche, sa robe de mérinos, ses souliers d'écolier et ses mains rouges; le goût lui était venu avec la beauté; c'était une personne bien mise avec une sorte d'élégance simple et riche et sans manière. Elle avait une robe de damas noir, un camail de même étoffe et un chapeau de crêpe blanc. Ses gants blancs montraient la finesse de sa main qui jouait avec le manche d'une ombrelle en ivoire chinois et son brodequin de soie dessinait la petitesse de son pied. Quand on passait près d'elle, toute sa toilette exhalait un parfum jeune et pénétrant.

Quant à l'homme, il était toujours le même.

La seconde fois que Marius arriva près d'elle, la jeune fille leva les paupières, ses yeux étaient d'un bleu céleste et profond, mais dans cet azur voilé il n'y avait encore que le regard d'un enfant. Elle regarda Marius avec indifférence, comme elle eût regardé le marmot qui courait sous les sycomores, ou le vase de marbre qui faisait de l'ombre sur le banc; et Marius de son côté continua sa promenade en pensant à autre chose.

Il passa encore quatre ou cinq fois près du banc où était la jeune fille, mais sans même tourner les yeux vers elle.

Les jours suivants, il revint comme à l'ordinaire au Luxembourg, comme à l'ordinaire il y trouva « le père et la fille », mais il n'y fit plus attention. Il ne songea pas plus à cette fille quand elle fut belle qu'il n'y songeait lorsqu'elle était laide. Il passait fort près du banc où elle était, parce que c'était son habitude.

III

EFFET DE PRINTEMPS

Un jour, l'air était tiède, le Luxembourg était inondé d'ombre et de soleil, le ciel était pur comme si les anges l'eussent lavé le matin, les passereaux poussaient de petits cris dans les profondeurs des marronniers, Marius avait ouvert toute son âme à la nature, il ne pensait à rien, il vivait et il respirait, il passa près de ce banc, la jeune fille leva les yeux sur lui, leurs deux regards se rencontrèrent.

Qu'y avait-il cette fois dans le regard de la jeune fille? Marius n'eût pu le dire. Il n'y avait rien et il y avait tout. Ce fut un étrange éclair.

Elle baissa les yeux, et il continua son chemin.

Ce qu'il venait de voir, ce n'était pas l'œil ingénu et simple d'un enfant, c'était un gouffre mystérieux qui s'était entr'ouvert, puis brusquement refermé.

Il y a un jour où toute jeune fille regarde ainsi. Malheur à qui se trouve là!

Ce premier regard d'une âme qui ne se connaît pas encore est comme l'aube dans le ciel. C'est l'éveil de quelque chose de rayonnant et d'inconnu. Rien ne saurait rendre le charme dangereux de cette lueur inattendue qui éclaire vaguement tout à coup d'adorables ténèbres et qui se compose de toute l'innocence du présent et de toute la passion de l'avenir. C'est une sorte de tendresse indécise qui se révèle au hasard et qui attend. C'est un piége que l'innocence tend à son insu et où elle prend des cœurs sans le vouloir et sans le savoir. C'est une vierge qui regarde comme une femme.

Il est rare qu'une rêverie profonde ne naisse pas de ce regard là où il tombe. Toutes les puretés et toutes les candeurs se rencontrent dans ce rayon céleste et fatal qui, plus que les œillades les mieux travaillées des coquettes, a le pouvoir magique de faire subitement éclore au fond d'une âme cette fleur sombre, pleine de parfums et de poisons, qu'on appelle l'amour.

Le soir, en rentrant dans son galetas, Marius jeta les yeux sur son vêtement, et s'aperçut pour la première fois qu'il avait la malpropreté, l'inconvenance et la stupidité inouïe d'aller se promener au Luxembourg avec ses habits « de tous « les jours, » c'est-à-dire avec un chapeau cassé près de la ganse, de grosses bottes de roulier, un pantalon noir blanc aux genoux et un habit noir pâle aux coudes.

IV

COMMENCEMENT D'UNE GRANDE MALADIE

Le lendemain, à l'heure accoutumée, Marius tira de son armoire son habit neuf, son pantalon neuf, son chapeau neuf et ses bottes neuves; il se revêtit de cette panoplie complète, mit des gants, luxe prodigieux, et s'en alla au Luxembourg.

Chemin faisant, il rencontra Courfeyrac, et feignit de ne pas le voir. Courfeyrac en rentrant chez lui dit à ses amis :

— Je viens de rencontrer le chapeau neuf et l'habit neuf de Marius, et Marius dedans. Il allait sans doute passer un examen. Il avait l'air tout bête.

Arrivé au Luxembourg, Marius fit le tour du bassin et considéra les cygnes, puis il demeura longtemps en contemplation devant une statue qui avait la tête toute noire de moisissure et à laquelle une hanche manquait. Il y avait près du bassin un bourgeois quadragénaire et ventru qui tenait par la main un petit garçon de cinq ans et lui disait : — Évite les excès. Mon fils, tiens-toi à égale distance du despotisme et de l'anarchie. Marius écouta ce bourgeois. Puis il fit encore une fois le tour du bassin. Enfin il se dirigea vers « son allée, » lentement et comme s'il y allait à regret. On eût dit qu'il était à la fois forcé et empêché d'y aller. Il ne se rendait aucun compte de tout cela, et croyait faire comme tous les jours.

En débouchant dans l'allée, il aperçut à l'autre bout « sur leur banc » M. Leblanc et la jeune fille. Il boutonna son habit jusqu'en haut, le tendit sur son torse pour qu'il ne fît pas de plis, examina avec une certaine complaisance les reflets lustrés de son pantalon et marcha sur le banc. Il y avait de l'attaque dans cette marche et certainement une velléité de conquête. Je dis donc il marcha sur le banc, comme je dirais : Annibal marcha sur Rome.

Du reste il n'y avait rien que de machinal dans tous ses mouvements, et il n'avait aucunement interrompu les préoccupations habituelles de son esprit et de ses travaux. Il pensait dans ce moment-là que le *Manuel du Baccalauréat* était un livre stupide et qu'il fallait qu'il eût été rédigé par de rares crétins pour qu'on y analysât comme chefs-d'œuvre de l'esprit humain trois tragédies de Racine et seulement une comédie de Molière. Il avait un sifflement aigu dans l'oreille. Tout en approchant du banc, il tendait les plis de son habit et ses yeux se fixaient sur la jeune fille. Il lui semblait qu'elle emplissait toute l'extrémité de l'allée d'une vague lueur bleue.

A mesure qu'il approchait, son pas se ralentissait de plus en plus. Parvenu à une certaine distance du banc, bien avant d'être à la fin de l'allée, il s'arrêta, et il ne put savoir lui-même comment il se fit qu'il rebroussa chemin. Il ne se dit même

point qu'il n'allait pas jusqu'au bout. Ce fut à
peine si la jeune fille put l'apercevoir de loin et
voir le bel air qu'il avait dans ses habits neufs. Cependant il se tenait très-droit, pour avoir bonne
mine dans le cas où quelqu'un qui serait derrière
lui le regarderait.

Il atteignit le bout opposé, puis revint, et cette
fois il s'approcha un peu plus près du banc. Il parvint même jusqu'à une distance de trois intervalles
d'arbres, mais là il sentit je ne sais quelle impos-
sibilité d'aller plus loin, et il hésita. Il avait cru
voir le visage de la jeune fille se pencher vers lui.
Cependant il fit un effort viril et violent, dompta
l'hésitation et continua d'aller en avant. Quelques
secondes après, il passait devant le banc, droit et
ferme, rouge jusqu'aux oreilles, sans oser jeter un
regard à droite ni à gauche, la main dans son habit comme un homme d'État. Au moment où il
passa — sous le canon de la place — il éprouva
un affreux battement de cœur. Elle avait comme la
veille sa robe de damas et son chapeau de crêpe.
Il entendit une voix ineffable qui devait être « sa
voix. » Elle causait tranquillement. Elle était bien
jolie. Il le sentait, quoiqu'il n'essayât pas de la

voir. — Elle ne pourrait cependant, pensait-il, s'empêcher d'avoir de l'estime et de la considération pour moi si elle savait que c'est moi qui suis le véritable auteur de la dissertation sur Marcos Obregon de la Ronda que monsieur François de Neufchâteau a mise comme étant de lui, en tête de son édition de *Gil Blas!*

Il dépassa le banc, alla jusqu'à l'extrémité de l'allée qui était tout proche, puis revint sur ses pas et passa encore devant la belle fille. Cette fois il était très-pâle. Du reste il n'éprouvait rien que de fort désagréable. Il s'éloigna du banc et de la jeune fille, et, tout en lui tournant le dos, il se figurait qu'elle le regardait, et cela le faisait trébucher.

Il n'essaya plus de s'approcher du banc, il s'arrêta vers la moitié de l'allée, et là, chose qu'il ne faisait jamais, il s'assit, jetant des regards de côté, et songeant dans les profondeurs les plus indistinctes de son esprit, qu'après tout il était difficile que les personnes dont il admirait le chapeau blanc et la robe noire fussent absolument insensibles à son pantalon lustré et à son habit neuf.

Au bout d'un quart d'heure il se leva, comme

s'il allait recommencer à marcher vers ce banc qu'une auréole entourait. Cependant il restait debout et immobile. Pour la première fois depuis quinze mois il se dit que ce monsieur qui s'asseyait là tous les jours avec sa fille l'avait sans doute remarqué de son côté et trouvait probablement son assiduité étrange.

Pour la première fois aussi il sentit quelque irrévérence à désigner cet inconnu, même dans le secret de sa pensée, par le sobriquet de M. Leblanc.

Il demeura ainsi quelques minutes la tête baissée et faisant des dessins sur le sable avec une baguette qu'il avait à la main.

Puis il se tourna brusquement du côté opposé au banc, à M. Leblanc et à sa fille, et s'en revint chez lui.

Ce jour-là il oublia d'aller dîner. A huit heures du soir il s'en aperçut, et comme il était trop tard pour descendre rue Saint-Jacques, tiens! dit-il, et il mangea un morceau de pain.

Il ne se coucha qu'après avoir brossé son habit et l'avoir plié avec soin.

V

DIVERS COUPS DE FOUDRE TOMBENT
SUR MAME BOUGON

Le lendemain, mame Bougon, c'est ainsi que Courfeyrac nommait la vieille portière-principale-locataire-femme-de-ménage de la masure Gorbeau, mame Bougon, elle s'appelait en réalité madame Burgon, nous l'avons constaté, mais ce brise-fer de Courfeyrac ne respectait rien, — mame Bougon, stupéfaite, remarqua que monsieur Marius sortait encore avec son habit neuf.

Il retourna au Luxembourg, mais il ne dépassa point son banc de la moitié de l'allée. Il s'y assit comme la veille, considérant de loin et voyant distinctement le chapeau blanc, la robe noire et surtout la lueur bleue. Il n'en bougea pas, et ne rentra chez lui que lorsqu'on ferma les portes du Luxembourg. Il ne vit pas M. Leblanc et sa fille se retirer. Il en conclut qu'ils étaient sortis du jardin par la grille de la rue de l'Ouest. Plus tard, quelques semaines après, quand il y songea, il ne put jamais se rappeler où il avait dîné ce soir-là.

Le lendemain, c'était le troisième jour, mame Bougon fut refoudroyée. Marius sortit avec son habit neuf. — Trois jours de suite! s'écria-t-elle.

Elle essaya de le suivre, mais Marius marchait lestement et avec d'immenses enjambées; c'était un hippopotame entreprenant la poursuite d'un chamois. Elle le perdit de vue en deux minutes et rentra essoufflée, aux trois quarts étouffée par son asthme, furieuse. — Si cela a du bon sens, grommela-t-elle, de mettre ses beaux habits tous les jours et de faire courir les personnes comme cela!

Marius s'était rendu au Luxembourg.

La jeune fille y était avec M. Leblanc. Marius approcha le plus près qu'il put en faisant semblant de lire dans un livre, mais il resta encore fort loin, puis revint s'asseoir sur son banc où il passa quatre heures à regarder sauter dans l'allée les moineaux francs qui lui faisaient l'effet de se moquer de lui.

Une quinzaine s'écoula ainsi. Marius allait au Luxembourg non plus pour se promener, mais pour s'y asseoir toujours à la même place et sans savoir pourquoi. Arrivé là, il ne remuait plus. Il mettait chaque matin son habit neuf pour ne pas se montrer, et il recommençait le lendemain.

Elle était décidément d'une beauté merveilleuse. La seule remarque qu'on pût faire qui ressemblât à une critique, c'est que la contradiction entre son regard qui était triste et son sourire qui était joyeux donnait à son visage quelque chose d'un peu égaré, ce qui fait qu'à de certains moments ce doux visage devenait étrange sans cesser d'être charmant.

VI

FAIT PRISONNIER

Un des derniers jours de la seconde semaine, Marius était comme à son ordinaire assis sur son banc, tenant à la main un livre ouvert dont depuis deux heures il n'avait pas tourné une page. Tout à coup il tressaillit. Un événement se passait à l'extrémité de l'allée. M. Leblanc et sa fille venaient de quitter leur banc, la fille avait pris le bras du père, et tous deux se dirigeaient lentement vers le

milieu de l'allée où était Marius. Marius ferma son
livre, puis il le rouvrit, puis il s'efforça de lire. Il
tremblait. L'auréole venait droit à lui. — Ah ! mon
Dieu ! pensait-il, je n'aurai jamais le temps de
prendre une attitude. Cependant, l'homme à cheveux blancs et la jeune fille s'avançaient. Il lui paraissait que cela durait un siècle et que cela n'était
qu'une seconde. — Qu'est-ce qu'ils viennent faire
par ici ? se demandait-il. — Comment ! elle va
passer là ? Ses pieds vont marcher sur ce sable,
dans cette allée, à deux pas de moi ? Il était bouleversé, il eût voulu être très-beau, il eût voulu avoir
la croix. Il entendait s'approcher le bruit doux et
mesuré de leurs pas. Il s'imaginait que M. Leblanc
lui jetait des regards irrités. Est-ce que ce monsieur
va me parler ? pensait-il. Il baissa la tête ; quand
il la releva, ils étaient tout près de lui. La jeune
fille passa, et en passant elle le regarda. Elle le
regarda fixement, avec une douceur pensive qui fit
frissonner Marius de la tête aux pieds. Il lui sembla qu'elle lui reprochait d'avoir été si longtemps
sans venir jusqu'à elle et qu'elle lui disait : C'est
moi qui viens. Marius resta ébloui devant ces
prunelles pleines de rayons et d'abîmes.

Il se sentait un brasier dans le cerveau. Elle était venue à lui, quelle joie ! Et puis, comme elle l'avait regardé ! Elle lui parut plus belle qu'il ne l'avait encore vue. Belle d'une beauté tout ensemble féminine et angélique, d'une beauté complète qui eût fait chanter Pétrarque et agenouiller Dante. Il lui semblait qu'il nageait en plein ciel bleu. En même temps il était horriblement contrarié, parce qu'il avait de la poussière sur ses bottes.

Il croyait être sûr qu'elle avait regardé aussi ses bottes.

Il la suivit des yeux jusqu'à ce qu'elle eût disparu. Puis il se mit à marcher dans le Luxembourg comme un fou. Il est probable que par moments il riait tout seul et parlait haut. Il était si rêveur près des bonnes d'enfants que chacune le croyait amoureux d'elle.

Il sortit du Luxembourg, espérant la retrouver dans une rue.

Il se croisa avec Courfeyrac sous les arcades de l'Odéon et lui dit : Viens dîner avec moi. Ils s'en allèrent chez Rousseau, et dépensèrent six francs. Marius mangea comme un ogre. Il donna six sous au garçon. Au dessert il dit à Courfeyrac : As-tu lu le journal ? Quel beau discours a fait Audry de Puyraveau !

Il était éperdument amoureux.

Après le dîner, il dit à Courfeyrac : Je te paye le spectacle. Ils allèrent à la Porte-Saint-Martin voir Frédérick dans *l'Auberge des Adrets*. Marius s'amusa énormément.

En même temps il eut un redoublement de sauvagerie. En sortant du théâtre, il refusa de regarder la jarretière d'une modiste qui enjambait un ruisseau, et Courfeyrac ayant dit : *Je mettrais volontiers cette femme dans ma collection*, lui fit presque horreur.

Courfeyrac l'avait invité à déjeuner au café Voltaire le lendemain. Marius y alla, et mangea encore plus que la veille. Il était tout pensif et très-gai. On eût dit qu'il saisissait toutes les occasions de rire aux éclats. Il embrassa tendrement un provincial quelconque qu'on lui présenta. Un cercle d'étudiants s'était fait autour de la table et l'on avait parlé des niaiseries payées par l'État qui se débitent en chaire à la Sorbonne, puis la conversation était tombée sur les fautes et les lacunes des dictionnaires et des prosodies-Quicherat. Marius interrompit la discussion pour s'écrier : — C'est cependant bien agréable d'avoir la croix.

— Voilà qui est drôle ! dit Courfeyrac bas à Jean Prouvaire.

— Non, répondit Jean Prouvaire, voilà qui est sérieux.

Cela était sérieux en effet. Marius en était à cette première heure violente et charmante qui commence les grandes passions.

Un regard avait fait tout cela.

Quand la mine est chargée, quand l'incendie est prêt, rien n'est plus simple. Un regard est une étincelle.

C'en était fait. Marius aimait une femme. Sa destinée entrait dans l'inconnu.

Le regard des femmes ressemble à de certains rouages tranquilles en apparence et formidables. On passe à côté tous les jours paisiblement et impunément et sans se douter de rien. Il vient un moment où l'on oublie même que cette chose est là. On va, on vient, on rêve, on parle, on rit. Tout à coup on se sent saisi ! C'est fini. Le rouage vous tient, le regard vous a pris. Il vous a pris, n'im-

porte par où ni comment, par une partie quelconque de votre pensée qui traînait, par une dis-
traction que vous avez eue. Vous êtes perdu. Vous
y passerez tout entier. Un enchaînement de forces
mystérieuses s'empare de vous. Vous vous débat-
tez en vain. Plus de secours humain possible. Vous
allez tomber d'engrenage en engrenage, d'angoisse
en angoisse, de torture en torture, vous, votre
esprit, votre fortune, votre avenir, votre âme; et,
selon que vous serez au pouvoir d'une créature
méchante ou d'un noble cœur, vous ne sortirez de
cette effrayante machine que défiguré par la honte
ou transfiguré par la passion.

VII

AVENTURES DE LA LETTRE U LIVRÉE AUX CONJECTURES

L'isolement, le détachement de tout, la fierté, l'indépendance, le goût de la nature, l'absence d'activité quotidienne et matérielle, la vie en soi, les luttes secrètes de la chasteté, l'extase bienveillante devant toute la création, avaient préparé Marius à cette possession qu'on nomme la passion.

Son culte pour son père était devenu peu à peu une religion, et, comme toute religion, s'était retiré au fond de l'âme. Il fallait quelque chose sur le premier plan. L'amour vint.

Tout un grand mois s'écoula, pendant lequel Marius alla tous les jours au Luxembourg. L'heure venue, rien ne pouvait le retenir. — Il est de service, disait Courfeyrac. Marius vivait dans les ravissements. Il est certain que la jeune fille le regardait.

Il avait fini par s'enhardir, et il s'approchait du banc. Cependant il ne passait plus devant, obéissant à la fois à l'instinct de timidité et à l'instinct de prudence des amoureux. Il jugeait utile de ne point attirer « l'attention du père. » Il combinait ses stations derrière les arbres et les piédestaux des statues avec un machiavélisme profond, de façon à se faire voir le plus possible à la jeune fille et à se laisser voir le moins possible du vieux monsieur. Quelquefois, pendant des demi-heures entières, il restait immobile à l'ombre d'un Léonidas ou d'un Spartacus quelconque, tenant à la main un livre au-dessus duquel ses yeux, doucement levés, allaient chercher la belle fille, et elle, de son côté, détournait avec un vague sourire son charmant profil vers lui. Tout en causant le plus naturellement et le plus tranquillement du monde avec l'homme à cheveux blancs, elle appuyait sur Marius toutes les rêveries d'un œil virginal et passionné. Antique et immémorial manége qu'Ève savait dès le premier jour du monde et que toute femme sait dès le premier jour de la vie! Sa bouche donnait la réplique à l'un et son regard donnait la réplique à l'autre.

Il faut croire pourtant que M. Leblanc finissait par s'apercevoir de quelque chose, car souvent, lorsque Marius arrivait, il se levait et se mettait à marcher. Il avait quitté leur place accoutumée et avait adopté, à l'autre extrémité de l'allée, le banc voisin du Gladiateur, comme pour voir si Marius les y suivrait. Marius ne comprit point, et fit cette faute. « Le père » commença à devenir inexact, et n'amena plus « sa fille » tous les jours. Quelquefois il venait seul. Alors Marius ne restait pas. Autre aute.

Marius ne prenait point garde à ces symptômes. De la phase de timidité il avait passé, progrès naturel et fatal, à la phase d'aveuglement. Son amour

croissait. Il en rêvait toutes les nuits. Et puis il lui
était arrivé un bonheur inespéré, huile sur le feu,
redoublement de ténèbres sur ses yeux. Un soir, à
la brune, il avait trouvé sur le banc que « M. Leblanc et sa fille » venaient de quitter, un mouchoir,
un mouchoir tout simple et sans broderie, mais
blanc, fin, et qui lui parut exhaler des senteurs
ineffables. Il s'en empara avec transport. Ce mouchoir était marqué des lettres U. F.; Marius ne
savait rien de cette belle enfant, ni sa famille, ni
son nom, ni sa demeure; ces deux lettres étaient
la première chose d'elle qu'il saisissait, adorables
initiales sur lesquelles il commença tout de suite à
construire son échafaudage. U était évidemment le
prénom. Ursule! pensa-t-il, quel délicieux nom! Il
baisa le mouchoir, l'aspira, le mit sur son cœur,
sur sa chair, pendant le jour, et la nuit sous ses
lèvres pour s'endormir.

— J'y sens toute son âme! s'écriait-il.

Ce mouchoir était au vieux monsieur qui l'avait
tout bonnement laissé tomber de sa poche.

Les jours qui suivirent la trouvaille, il ne se
montra plus au Luxembourg que baisant le mouchoir et l'appuyant sur son cœur. La belle enfant

n'y comprenait rien et le lui marquait par des signes imperceptibles.

— O pudeur! disait Marius.

VIII

LES INVALIDES EUX-MÊMES PEUVENT ÊTRE HEUREUX

Puisque nous avons prononcé le mot *pudeur,* et puisque nous ne cachons rien, nous devons dire qu'une fois pourtant, à travers ses extases, « son Ursule » lui donna un grief très-sérieux. C'était un de ces jours où elle déterminait M. Leblanc à quitter le banc et à se promener dans l'allée. Il faisait une vive brise de prairial qui remuait le haut des platanes. Le père et la fille, se donnant le bras, venaient de passer devant le banc de Marius. Marius s'était levé derrière eux et les suivait du regard, comme il convient dans cette situation d'âme éperdue.

Tout à coup un souffle de vent, plus en gaieté que les autres, et probablement chargé de faire les affaires du printemps, s'envola de la pépinière, s'abattit sur l'allée, enveloppa la jeune fille dans un ravissant frisson digne des nymphes de Virgile et des faunes de Théocrite, et souleva sa robe, cette robe plus sacrée que celle d'Isis, presque jusqu'à la hauteur de la jarretière. Une jambe d'une forme exquise apparut. Marius la vit. Il fut exaspéré et furieux.

La jeune fille avait rapidement baissé sa robe d'un mouvement divinement effarouché, mais il n'en fut pas moins indigné. Il était seul dans l'allée, c'est vrai. Mais il pouvait y avoir eu quelqu'un. Et s'il y avait eu quelqu'un! Comprend-on une chose pareille? C'est horrible ce qu'elle vient de faire là! — Hélas! la pauvre enfant n'avait rien fait; il n'y avait qu'un coupable, le vent; mais Marius, en qui frémissait confusément le

Bartholo qu'il y a dans Chérubin, était déterminé à être mécontent, et était jaloux de son ombre. C'est ainsi en effet que s'éveille dans le cœur humain et que s'impose, même sans droit, l'âcre et bizarre jalousie de la chair. Du reste, en dehors même de cette jalousie, la vue de cette jambe charmante n'avait eu pour lui rien d'agréable ; le bas blanc de la première femme venue lui eût fait plus de plaisir.

Quand « son Ursule, » après avoir atteint l'extrémité de l'allée, revint sur ses pas avec M. Leblanc et passa devant le banc où Marius s'était rassis, Marius lui jeta un regard bourru et féroce. La jeune fille eut ce petit redressement en arrière accompagné d'un haussement de paupières qui signifie : Eh bien, qu'est-ce qu'il a donc?

Ce fut là « leur première querelle. »

Marius achevait à peine de lui faire cette scène avec les yeux que quelqu'un traversa l'allée. C'était un invalide tout courbé, tout ridé et tout blanc, en uniforme Louis XV, ayant sur le torse la petite plaque ovale de drap rouge aux épées croisées, croix de Saint-Louis du soldat, et orné en outre d'une manche d'habit sans bras dedans, d'un

menton d'argent et d'une jambe de bois. Marius
crut distinguer que cet être avait l'air extrêmement
satisfait. Il lui sembla même que le vieux cynique,
tout en clopinant près de lui, lui avait adressé un
clignement d'œil très-fraternel et très-joyeux,
comme si un hasard quelconque avait fait qu'ils
pussent être d'intelligence et qu'ils eussent savouré
en commun quelque bonne aubaine. Qu'avait-il
donc à être si content, ce débris de Mars? Que
s'était-il passé entre cette jambe de bois et l'autre?
Marius arriva au paroxysme de la jalousie. — Il
était peut-être là! se dit-il; il a peut-être vu! —
— Et il eut envie d'exterminer l'invalide.

Le temps aidant, toute pointe s'émousse. Cette
colère de Marius contre « Ursule, » si juste et si
légitime qu'elle fût, passa. Il finit par pardonner;
mais ce fut un grand effort; il la bouda trois
jours.

Cependant, à travers tout cela et à cause de
tout cela, la passion grandissait et devenait folle.

IX

ÉCLIPSE

On vient de voir comment Marius avait décou-
vert ou cru découvrir qu'Elle s'appelait Ursule.

L'appétit vient en aimant. Savoir qu'elle se nommait Ursule, c'était déjà beaucoup ; c'était peu.
Marius en trois ou quatre semaines eut dévoré ce
bonheur. Il en voulut un autre. Il voulut savoir où
elle demeurait.

Il avait fait une première faute : tomber dans

l'embûche du banc du Gladiateur. Il en avait fait
une seconde : ne pas rester au Luxembourg quand
M. Leblanc y venait seul. Il en fit une troisième.
Immense. Il suivit « Ursule. »

Elle demeurait rue de l'Ouest, à l'endroit le
moins fréquenté, dans une maison neuve à trois
étages d'apparence modeste.

A partir de ce moment, Marius ajouta à son
bonheur de la voir au Luxembourg le bonheur de
la suivre jusque chez elle.

Sa faim augmentait. Il savait comment elle s'appelait, son petit nom du moins, le nom charmant,
le vrai nom d'une femme; il savait où elle demeurait; il voulut savoir qui elle était.

Un soir, après qu'il les eut suivis jusque chez
eux et qu'il les eut vus disparaître sous la porte
cochère, il entra à leur suite et dit vaillamment au
portier :

— C'est le monsieur du premier qui vient de
rentrer?

— Non, répondit le portier. C'est le monsieur
du troisième.

Encore un pas de fait. Ce succès enhardit Marius.

— Sur le devant? demanda-t-il.

— Parbleu! fit le portier, la maison n'est bâtie
que sur la rue.

— Et quel est l'état de ce monsieur? repartit
Marius.

— C'est un rentier, monsieur. Un homme bien
bon, et qui fait du bien aux malheureux, quoique
pas riche.

— Comment s'appelle-t-il? reprit Marius.

Le portier leva la tête, et dit :

— Est-ce que monsieur est mouchard?

Marius s'en alla assez penaud, mais fort ravi. Il
avançait.

— Bon, pensa-t-il. Je sais qu'elle s'appelle Ursule, qu'elle est fille d'un rentier, et qu'elle demeure
là, au troisième, rue de l'Ouest.

Le lendemain M. Leblanc et sa fille ne firent au
Luxembourg qu'une courte apparition; ils s'en
allèrent qu'il faisait grand jour. Marius les suivit
rue de l'Ouest comme il en avait pris l'habitude. En
arrivant à la porte cochère, M. Leblanc fit passer
sa fille devant, puis s'arrêta avant de franchir le
seuil, se retourna et regarda Marius fixement.

Le jour d'après, ils ne vinrent pas au Luxembourg. Marius attendit en vain toute la journée.

A la nuit tombée, il alla rue de l'Ouest, et vit de la lumière aux fenêtres du troisième. Il se promena sous ces fenêtres, jusqu'à ce que cette lumière fût éteinte.

Le jour suivant, personne au Luxembourg. Marius attendit tout le jour, puis alla faire sa faction de nuit sous les croisées. Cela le conduisait jusqu'à dix heures du soir. Son dîner devenait ce qu'il pouvait. La fièvre nourrit le malade et l'amour l'amoureux.

Il se passa huit jours de la sorte. M. Leblanc et sa fille ne paraissaient plus au Luxembourg. Marius faisait des conjectures tristes; il n'osait guetter la porte cochère pendant le jour. Il se contentait d'aller à la nuit contempler la clarté rougeâtre des vitres. Il y voyait par moments passer des ombres, et le cœur lui battait.

Le huitième jour, quand il arriva sous les fenêtres, il n'y avait pas de lumière. — Tiens! dit-il, la lampe n'est pas encore allumée. Il fait nuit pourtant. Est-ce qu'ils seraient sortis? Il attendit jusqu'à dix heures. Jusqu'à minuit. Jusqu'à une heure du matin. Aucune lumière ne s'alluma aux fenêtres du troisième étage et personne ne rentra dans la maison. Il s'en alla très-sombre.

Le lendemain, — car il ne vivait que de lendemains en lendemains, il n'y avait, pour ainsi dire, plus d'aujourd'hui pour lui, — le lendemain il ne trouva personne au Luxembourg, il s'y attendait ; à la brune, il alla à la maison. Aucune lueur aux fenêtres ; les persiennes étaient fermées ; le troisième était tout noir.

Marius frappa à la porte cochère, entra et dit au portier :

— Le monsieur du troisième?

— Déménagé. répondit le portier.

Marius chancela et dit faiblement :

— Depuis quand donc?

— D'hier.

— Où demeure-t-il maintenant?

— Je n'en sais rien.

— Il n'a donc point laissé sa nouvelle adresse?

— Non.

Et le portier levant le nez reconnut Marius.

— Tiens! c'est vous! dit-il, mais vous êtes donc décidément quart-d'œil?

LIVRE SEPTIÈME

PATRON-MINETTE

I

LES MINES ET LES MINEURS

Les sociétés humaines ont toutes ce qu'on appelle dans les théâtres *un troisième dessous*. Le
sol social est partout miné, tantôt pour le bien,
tantôt pour le mal. Ces travaux se superposent. Il
y a les mines supérieures et les mines inférieures.
Il y a un haut et un bas dans cet obscur sous-sol
qui s'effondre parfois sous la civilisation, et que
notre indifférence et notre insouciance foulent aux

pieds. L'Encyclopédie, au siècle dernier, était une mine presque à ciel ouvert. Les ténèbres, ces sombres couveuses du christianisme primitif, n'attendaient qu'une occasion pour faire explosion sous les Césars et pour inonder le genre humain de lumière. Car dans les ténèbres sacrées il y a de la lumière latente. Les volcans sont pleins d'une ombre capable de flamboiements. Toute lave commence par être nuit. Les catacombes, où s'est dite la première messe, n'étaient pas seulement la cave de Rome, elles étaient le souterrain du monde.

Il y a sous la construction sociale, cette merveille compliquée d'une masure, des excavations de toutes sortes. Il y a la mine religieuse, la mine philosophique, la mine politique, la mine économique, la mine révolutionnaire. Tel pioche avec l'idée, tel pioche avec le chiffre, tel pioche avec la colère. On s'appelle et on se répond d'une catacombe à l'autre. Les utopies cheminent sous terre dans les conduits. Elles s'y ramifient en tous sens. Elles s'y rencontrent parfois, et y fraternisent. Jean-Jacques prête son pic à Diogène qui lui prête sa lanterne. Quelquefois elles s'y combattent. Cal-

vin prend Socin aux cheveux. Mais rien n'arrête
ni n'interrompt la tension de toutes ces énergies
vers le but et la vaste activité simultanée, qui va
et vient, monte, descend et remonte dans ces obs-
curités, et qui transforme lentement le dessus par
le dessous et le dehors par le dedans; immense
fourmillement inconnu. La société se doute à peine
de ce creusement qui lui laisse sa surface et lui
change les entrailles. Autant d'étages souterrains,
autant de travaux différents, autant d'extractions
diverses. Que sort-il de toutes ces fouilles profondes? L'avenir.

Plus on s'enfonce, plus les travailleurs sont
mystérieux. Jusqu'à un degré que le philosophe
social sait reconnaître, le travail est bon ; au delà
de ce degré, il est douteux et mixte ; plus bas, il
devient terrible. A une certaine profondeur, les
excavations ne sont plus pénétrables à l'esprit
de civilisation, la limite respirable à l'homme est
dépassée ; un commencement de monstres est
possible.

L'échelle descendante est étrange ; et chacun
de ces échelons correspond à un étage où la philosophie peut prendre pied, et où l'on rencontre

un de ces ouvriers, quelquefois divins, quelquefois difformes. Au-dessous de Jean Huss, il y a Luther; au-dessous de Luther, il y a Descartes; au-dessous de Descartes, il y a Voltaire; au-dessous de Voltaire, il y a Condorcet; au-dessous de Condorcert, il y a Robespierre; au-dessous de Robespierre, il y a Marat; au-dessous de Marat, il y a Babeuf. Et cela continue. Plus bas, confusément, à la limite qui sépare l'indistinct de l'invisible, on aperçoit d'autres hommes sombres, qui peut-être n'existent pas encore. Ceux d'hier sont des spectres; ceux de demain sont des larves. L'œil de l'esprit les distingue obscurément. Le travail embryonnaire de l'avenir est une des visions du philosophe.

Un monde dans les limbes à l'état de fœtus, quelle silhouette inouïe!

Saint-Simon, Owen, Fourier, sont là aussi, dans des sapes latérales.

Certes, quoique une divine chaîne invisible lie entre eux à leur insu tous ces pionniers souterrains qui, presque toujours, se croient isolés, et qui ne le sont pas, leurs travaux sont bien divers et la lumière des uns contraste avec le flamboiement des

autres. Les uns sont paradisiaques, les autres sont
tragiques. Pourtant, quel que soit le contraste,
tous ces travailleurs, depuis le plus haut jusqu'au
plus nocturne, depuis le plus sage jusqu'au plus
fou, ont une similitude, et la voici : le désintéressement. Marat s'oublie comme Jésus. Ils se laissent
de côté, ils s'omettent, ils ne songent point à eux.
Ils voient autre chose qu'eux-mêmes. Ils ont un
regard, et ce regard cherche l'absolu. Le premier
a tout le ciel dans les yeux ; le dernier, si énigmatique qu'il soit, a encore sous le sourcil la pâle
clarté de l'infini. Vénérez, quoi qu'il fasse, quiconque a ce signe, la prunelle-étoile.

La prunelle-ombre est l'autre signe.

A elle commence le mal. Devant qui n'a pas de
regard, songez et tremblez. L'ordre social a ses
mineurs noirs.

Il y a un point où l'approfondissement est de
l'ensevelissement, et où la lumière s'éteint.

Au-dessous de toutes ces mines que nous venons d'indiquer, au-dessous de toutes ces galeries, au-dessous de tout cet immense système vei-
neux souterrain du progrès et de l'utopie, bien
plus avant dans la terre, plus bas que Marat, plus

bas que Babeuf, plus bas, beaucoup plus bas, et sans relation aucune avec les étages supérieurs, il y a la dernière sape. Lieu formidable. C'est ce que nous avons nommé le troisième dessous. C'est la fosse des ténèbres. C'est la cave des aveugles. *Inferi*.

Ceci communique aux abîmes.

II

LE BAS-FOND

Là le désintéressement s'évanouit. Le démon s'ébauche vaguement; chacun pour soi. Le moi sans yeux hurle, cherche, tâtonne et ronge. L'Ugolin social est dans ce gouffre.

Les silhouettes farouches qui rôdent dans cette fosse, presque bêtes, presque fantômes, ne s'occupent pas du progrès universel, elles ignorent

l'idée et le mot, elles n'ont souci que de l'assou-
vissement individuel. Elles sont presque incon-
scientes, et il y a au dedans d'elles une sorte d'ef-
facement effrayant. Elles ont deux mères, toutes
deux marâtres, l'ignorance et la misère. Elles ont
un guide, le besoin; et, pour toutes les formes de
la satisfaction, l'appétit. Elles sont brutalement
voraces, c'est-à-dire féroces, non à la façon du
tyran, mais à la façon du tigre. De la souffrance
ces larves passent au crime; filiation fatale, engen-
drement vertigineux, logique de l'ombre. Ce qui
rampe dans le troisième dessous social, ce n'est
plus la réclamation étouffée de l'absolu; c'est la
protestation de la matière. L'homme y devient
dragon. Avoir faim, avoir soif, c'est le point de
départ; être Satan, c'est le point d'arrivée. De
cette cave sort Lacenaire.

On vient de voir tout à l'heure, au livre quatrième, un des compartiments de la mine supé-
rieure, de la grande sape politique, révolutionnaire
et philosophique. Là, nous venons de le dire, tout
est noble, pur, digne, honnête. Là, certes, on peut
se tromper, et l'on se trompe; mais l'erreur y est
vénérable tant elle implique d'héroïsme. L'en-

semble du travail qui se fait là a un nom : le
Progrès.

Le moment est venu d'entrevoir d'autres profondeurs, les profondeurs hideuses.

Il y a sous la société insistons-y, et, jusqu'au
jour où l'ignorance sera dissipée, il y aura la
grande caverne du mal.

Cette cave est au-dessous de toutes et est l'en-
nemie de toutes. C'est la haine sans exception.
Cette cave ne connaît pas de philosophes ; son
poignard n'a jamais taillé de plume. Sa noirceur
n'a aucun rapport avec la noirceur sublime de
l'écritoire. Jamais les doigts de la nuit qui se
crispent sous ce plafond axphyxiant n'ont feuilleté
un livre ni déplié un journal. Babeuf est un
exploiteur pour Cartouche ; Marat est un aristo-
crate pour Schinderhannes. Cette cave a pour but
l'effondrement de tout.

De tout. Y compris les sapes supérieures, qu'elle
exècre. Elle ne mine pas seulement, dans son
fourmillement hideux, l'ordre social actuel ; elle
mine la philosophie, elle mine la science, elle mine
le droit, elle mine la pensée humaine, elle mine la
civilisation, elle mine la révolution, elle mine le

progrès. Elle s'appelle tout simplement vol, pro-
stitution, meurtre et assassinat. Elle est ténèbres,
et elle veut le chaos. Sa voûte est faite d'ignorance.

Toutes les autres, celles d'en haut, n'ont qu'un
but, la supprimer. C'est là que tendent, par tous
leurs organes à la fois, par l'amélioration du réel
comme par la contemplation de l'absolu, la philosophie et le progrès. Détruisez la cave Ignorance,
vous détruisez la taupe Crime.

Condensons en quelques mots une partie de ce
que nous venons d'écrire. L'unique péril social,
c'est l'ombre.

Humanité, c'est identité. Tous les hommes sont
la même argile. Nulle différence, ici-bas du moins,
dans la prédestination. Même ombre avant, même
chair pendant, même cendre après. Mais l'ignorance mêlée à la pâte humaine, la noircit. Cette
incurable noirceur gagne le dedans de l'homme et
y devient le Mal.

III

BABET, GUEULEMER, CLAQUESOUS ET MONTPARNASSE

Un quatuor de bandits, Claquesous, Gueulemer, Babet et Montparnasse, gouvernait de 1830 à 1835 le troisième dessous de Paris.

Gueulemer était un hercule déclassé. Il avait pour antre l'égout de l'Arche-Marion. Il avait six pieds de haut, des pectoraux de marbre, des biceps d'airain, une respiration de caverne, le torse d'un colosse, un crâne d'oiseau. On croyait voir l'Hercule Farnèse vêtu d'un pantalon de coutil et d'une veste de velours de coton. Gueulemer, bâti de cette façon sculpturale, aurait pu dompter les monstres ; il avait trouvé plus court d'en être un. Front bas, tempes larges, moins de quarante ans et la patte d'oie, le poil rude et court, la joue en brosse, une barbe sanglière ; on voit d'ici l'homme. Ses muscles sollicitaient le travail, sa stupidité n'en voulait pas. C'était une grosse force paresseuse. Il était assassin par nonchalance. On le croyait créole. Il avait probablement un peu touché au maréchal Brune, ayant été portefaix à Avignon en 1815. Après ce stage, il était passé bandit.

La diaphanéité de Babet contrastait avec la viande de Gueulemer. Babet était maigre et savant. Il était transparent, mais impénétrable. On voyait le jour à travers les os, mais rien à travers la prunelle. Il se déclarait chimiste. Il avait été pitre chez Bobèche et paillasse chez Bobino. Il avait joué le vaudeville à Saint-Mihiel. C'était un homme à intentions, beau parleur, qui soulignait ses sourires et guillemetait ses gestes. Son industrie était

de vendre en plein vent des bustes de plâtre et des
portraits du « chef de l'État. » De plus, il arrachait
les dents. Il avait montré des phénomènes dans les
foires, et possédé une baraque avec trompette et
cette affiche : — Babet, artiste dentiste, membre
des académies, fait des expériences physiques sur
métaux et métalloïdes, extirpe les dents, entreprend
les chicots abandonnés par ses confrères. Prix : une
dent, un franc cinquante centimes ; deux dents,
deux francs ; trois dents, deux francs cinquante.
Profitez de l'occasion. — (Ce « profitez de l'occasion » signifiait : faites-vous-en arracher le plus
possible.) Il avait été marié et avait eu des enfants.
Il ne savait pas ce que sa femme et ses enfants
étaient devenus. Il les avait perdus comme on perd
son mouchoir. Haute exception dans le monde
obscur dont il était, Babet lisait les journaux. Un
jour, du temps qu'il avait sa famille avec lui dans
sa baraque roulante, il avait lu dans le *Messager*
qu'une femme venait d'accoucher d'un enfant suffisamment viable, ayant un mufle de veau, et il s'était
écrié : *Voilà une fortune ! ce n'est pas ma femme
qui aurait l'esprit de me faire un enfant comme
cela !* .

Depuis, il avait tout quitté pour « entreprendre Paris. » Expression de lui.

. Qu'était-ce que Claquesous? C'était la nuit. Il attendait pour se montrer que le ciel se fût barbouillé de noir. Le soir il sortait d'un trou où il rentrait avant le jour. Où était ce trou? Personne ne le savait. Dans la plus complète obscurité, à ses complices, il ne parlait qu'en tournant le dos. S'appelait-il Claquesous? non. Il disait : Je m'appelle Pas-du-tout. Si une chandelle survenait, il mettait un masque. Il était ventriloque. Babet disait : *Claquesous est un nocturne à deux voix.* Claquesous était vague, errant, terrible. On n'était pas sûr qu'il eût un nom, Claquesous étant un sobriquet; on n'était pas sûr qu'il eût une voix, son ventre parlant plus souvent que sa bouche; on n'était pas sûr qu'il eût un visage, personne n'ayant jamais vu que son masque. Il disparaissait comme un évanouissement; ses apparitions étaient des sorties de terre.

Un être lugubre, c'était Montparnasse. Montparnasse était un enfant; moins de vingt ans, un joli visage, des lèvres qui ressemblaient à des cerises, de charmants cheveux noirs, la clarté du

printemps dans les yeux ; il avait tous les vices et
aspirait à tous les crimes. La digestion du mal le
mettait en appétit du pire. C'était le gamin tourné
voyou, et le voyou devenu escarpe. Il était gentil,
efféminé, gracieux, robuste, mou, féroce. Il avait
le bord du chapeau relevé à gauche pour faire
place à la touffe de cheveux, selon le style de 1829.
Il vivait de voler violemment. Sa redingote était
de la meilleure coupe, mais râpée. Montparnasse,
c'était une gravure de modes ayant de la misère
et commettant des meurtres. La cause de tous les
attentats de cet adolescent était l'envie d'être bien
mis. La première grisette qui lui avait dit : Tu es
beau, lui avait jeté la tache de ténèbres dans le
cœur, et avait fait un Caïn de cet Abel. Se trouvant joli, il avait voulu être élégant ; or, la première élégance, c'est l'oisiveté : l'oisiveté d'un
pauvre, c'est le crime. Peu de rôdeurs étaient aussi
redoutés que Montparnasse. A dix-huit ans, il avait
déjà plusieurs cadavres derrière lui. Plus d'un
passant les bras étendus gisait dans l'ombre de ce
misérable, la face dans une mare de sang. Frisé,
pommadé, pincé à la taille, des hanches de femme,
un buste d'officier prussien, le murmure d'admi-

ration des filles du boulevard autour de lui, la
cravate savamment nouée, un casse-tête dans sa
poche, une fleur à sa boutonnière; tel était ce mir-
liflore du sépulcre.

IV

COMPOSITION DE LA TROUPE

A eux quatre, ces bandits formaient une sorte
de Protée, serpentant à travers la police et s'ef-
forçant d'échapper aux regards indiscrets de Vi-
docq « sous diverse figure, arbre, flamme, fon-
taine, » s'entre-prêtant leurs noms et leurs trucs.
se dérobant dans leur propre ombre, boîtes à secrets et asiles les uns pour les autres, défaisant

leurs personnalités comme on ôte son faux nez au bal masqué, parfois se simplifiant au point de ne plus être qu'un, parfois se multipliant au point que Coco-Lacour lui-même les prenait pour une foule.

Ces quatre hommes n'étaient point quatre hommes; c'était une sorte de mystérieux voleur à quatre têtes travaillant en grand sur Paris; c'était le polype monstrueux du mal habitant la crypte de la société.

Grâce à leurs ramifications, et au réseau sous-jacent de leurs relations, Babet, Gueulemer, Claquesous et Montparnasse avaient l'entreprise générale des guets-apens du département de la Seine. Les trouveurs d'idées en ce genre, les hommes à imagination nocturne, s'adressaient à eux pour l'exécution. On fournissait aux quatre coquins le canevas, ils se chargeaient de la mise en scène. Ils travaillaient sur scenario. Ils étaient toujours en situation de prêter un personnel pro-portionné et convenable à tous les attentats ayant besoin d'un coup d'épaule et suffisamment lucra-tifs. Un crime étant en quête de bras, ils lui sous-louaient des complices. Ils avaient une troupe d'acteurs de ténèbres à la disposition de toutes les tragédies de cavernes.

Ils se réunissaient habituellement à la nuit tombante, heure de leur réveil, dans les steppes qui avoisinent la Salpêtrière. Là, ils conféraient. Ils avaient les douze heures noires devant eux; ils en réglaient l'emploi.

Patron-Minette, tel était le nom qu'on donnait dans la circulation souterraine à l'association de ces quatre hommes. Dans la vieille langue populaire fantasque qui va s'effaçant tous les jours, *Patron-Minette* signifie le matin, de même que *entre chien et loup* signifie le soir. Cette appellation, Patron-Minette, venait probablement de l'heure à laquelle leur besogne finissait, l'aube étant l'instant de l'évanouissement des fantômes et de la séparation des bandits. Ces quatre hommes étaient connus sous cette rubrique. Quand le président des assises visita Lacenaire dans sa prison, il le questionna sur un méfait que Lacenaire niait. — Qui a fait cela? demanda le président. Lacenaire fit cette réponse, énigmatique pour le magistrat, mais claire pour la police : — C'est peut-être Patron-Minette.

On devine parfois une pièce sur l'énoncé des personnages; on peut de même presque apprécier une bande sur la liste des bandits. Voici, car ces noms-là surnagent dans les mémoires spéciales, à quelles appellations répondaient les principaux affiliés de Patron-Minette :

Panchaud, dit Printanier, dit Bigrenaille.

Brujon. (Il y avait une dynastie de Brujon; nous ne renonçons pas à en dire un mot.)

Boulatruelle, le cantonnier déjà entrevu.

Laveuve.

Finistère.

Homère-Hogu, nègre.

Mardisoir.

Dépêche.

Fauntleroy, dit Bouquetière.

Glorieux, forçat libéré.

Barrecarrosse, dit monsieur Dupont.

L'esplanade-du-Sud.

Poussagrive.

Carmagnolet.

Kruideniers, dit Bizarro.

Mangedentelle.

Les-pieds-en-l'air.

Demi-liard, dit Deux-milliards.

Etc., etc.

Nous en passons, et non des pires. Ces noms ont des figures. Ils n'expriment pas seulement des êtres, mais des espèces. Chacun de ces noms répond à une variété de ces difformes champignons du dessous de la civilisation.

Ces êtres, peu prodigues de leurs visages, n'étaient pas de ceux qu'on voit passer dans les rues. Le jour, fatigués des nuits farouches qu'ils avaient, ils s'en allaient dormir, tantôt dans les fours à plâtre, tantôt dans les carrières abandonnées de Montmartre ou de Montrouge, parfois dans les égouts. Ils se terraient.

Que sont devenus ces hommes? ils existent toujours. Ils ont toujours existé. Horace en parle : *Ambubaiarum collegia, pharmacopolæ, mendici, mimæ;* et, tant que la société sera ce qu'elle est, ils seront ce qu'ils sont. Sous l'obscur plafond de leur cave, ils renaissent à jamais du suintement social. Ils reviennent, spectres, toujours identiques; seulement ils ne portent plus les mêmes noms et ils ne sont plus dans les mêmes peaux.

Les individus extirpés, la tribu subsiste.

Ils ont toujours les mêmes facultés. Du truand au rôdeur, la race se maintient pure. Ils devinent les bourses dans les poches, ils flairent les montres dans les goussets. L'or et l'argent ont pour eux une odeur. Il y a des bourgeois naïfs dont on pourrait dire qu'ils ont l'air volables. Ces hommes suivent patiemment ces bourgeois. Au passage d'un étranger ou d'un provincial, ils ont des tressaillements d'araignée.

Ces hommes-là, quand, vers minuit, sur un boulevard désert, on les rencontre ou on les entrevoit, sont effrayants. Ils ne semblent pas des hommes, mais des formes faites de brume vivante; on dirait qu'ils font habituellement bloc avec les ténèbres, qu'ils n'en sont pas distincts, qu'ils n'ont pas d'autre âme que l'ombre, et que c'est momentanément, et pour vivre pendant quelques minutes d'une vie monstrueuse, qu'ils se sont désagrégés de la nuit.

Que faut-il pour faire évanouir ces larves? de la lumière. De la lumière à flots. Pas une chauve-souris ne résiste à l'aube. Éclairez la société en dessous.

LIVRE HUITIÈME

LE MAUVAIS PAUVRE

1

MARIUS, CHERCHANT UNE FILLE EN CHAPEAU, RENCONTRE UN HOMME EN CASQUETTE

L'été passa, puis l'automne; l'hiver vint. Ni M. Leblanc ni la jeune fille n'avaient remis les pieds au Luxembourg. Marius n'avait plus qu'une pensée, revoir ce doux et adorable visage. Il cherchait toujours, il cherchait partout; il ne trouvait rien.' Ce n'était plus Marius le rêveur enthousiaste, l'homme résolu, ardent et ferme, le hardi provo-

cateur de la destinée, le cerveau qui échafaudait
avenir sur avenir, le jeune esprit encombré de
plans, de projets, de fiertés, d'idées et de volontés ; c'était un chien perdu. Il tomba dans une
tristesse noire. C'était fini. Le travail le rebutait,
la promenade le fatiguait, la solitude l'ennuyait ; la
vaste nature, si remplie autrefois de formes, de
clartés, de voix. de conseils, de perspectives, d'ho-
rizons, d'enseignements, était maintenant vide devant lui. Il lui semblait que tout avait disparu.

Il pensait toujours, car il ne pouvait faire autrement ; mais il ne se plaisait plus dans ses pensées.
A tout ce qu'elles lui proposaient tout bas sans
cesse, il répondait dans l'ombre : A quoi bon?

Il se faisait cent reproches. Pourquoi l'ai-je
suivie ? J'étais si heureux rien que de la voir ! Elle
me regardait ; est-ce que ce n'était pas immense?
Elle avait l'air de m'aimer. Est-ce que ce n'était pas
tout ? J'ai voulu avoir quoi? Il n'y a rien après cela.
J'ai été absurde. C'est ma faute, etc., etc. Courfeyrac, auquel il ne confiait rien, c'était sa nature,
mais qui devinait un peu tout, c'était sa nature
aussi, avait commencé par le féliciter d'être amoureux, en s'en ébahissant d'ailleurs ; puis, voyant

Marius tombé dans cette mélancolie, il avait fini par lui dire : — Je vois que tu as été simplement un animal. Tiens, viens à la Chaumière.

Une fois, ayant confiance dans un beau soleil de septembre, Marius s'était laissé mener au bal de Sceaux par Courfeyrac, Bossuet et Grantaire, espérant, quel rêve ! qu'il la retrouverait peut-être là. Bien entendu, il n'y vit pas celle qu'il cherchait. — C'est pourtant ici qu'on trouve toutes les femmes perdues, grommelait Grantaire en aparté. Marius laissa ses amis au bal, et s'en retourna à pied, seul, las, fiévreux, les yeux troubles et tristes dans la nuit, ahuri de bruit et de poussière par les joyeux coucous pleins d'êtres chantants qui revenaient de la fête et passaient à côté de lui, découragé, aspirant pour se rafraîchir la tête l'âcre senteur des noyers de la route.

Il se remit à vivre de plus en plus seul, égaré, accablé, tout à son angoisse intérieure, allant et venant dans sa douleur comme le loup dans le piége, quêtant partout l'absente, abruti d'amour.

Une autre fois, il avait fait une rencontre qui lui avait produit un effet singulier. Il avait croisé dans les petites rues qui avoisinent le boulevard des Invalides un homme vêtu comme un ouvrier et coiffé d'une casquette à longue visière qui laissait passer des mèches de cheveux très-blancs. Marius fut frappé de la beauté de ces cheveux blancs et considéra cet homme qui marchait à pas lents et comme absorbé dans une méditation douloureuse. Chose étrange, il lui parut reconnaître M. Leblanc. C'étaient les mêmes cheveux, le même profil, autant que la casquette le laissait voir, la même allure, seulement plus triste. Mais pourquoi ces habits d'ouvrier? qu'est-ce que cela voulait dire? que signifiait ce déguisement? Marius fut très-étonné. Quand il revint à lui, son premier mouvement fut de se mettre à suivre cet homme; qui sait s'il ne tenait point enfin la trace qu'il cherchait? En tout cas, il fallait revoir l'homme de près et éclaircir l'énigme. Mais il s'avisa de cette idée trop tard, l'homme n'était déjà plus là. Il avait pris quelque petite rue latérale et Marius ne put le retrouver. Cette rencontre le préoccupa quelques jours, puis s'effaça. — Après tout, se dit-il, ce n'est probablement qu'une ressemblance.

II

TROUVAILLE

Marius n'avait pas cessé d'habiter la masure Gorbeau. Il n'y faisait attention à personne.

A cette époque, à la vérité, il n'y avait plus dans cette masure d'autres habitants que lui et ces Jondrette dont il avait une fois acquitté le loyer, sans avoir du reste jamais parlé ni au père, ni à la mère, ni aux filles. Les autres locataires étaient déménagés ou morts, ou avaient été expulsés faute de payement.

Un jour de cet hiver-là, le soleil s'était un peu montré dans l'après-midi, mais c'était le 2 février, cet antique jour de la Chandeleur dont le soleil traître, précurseur d'un froid de six semaines, a inspiré à Mathieu Laensberg ces deux vers restés justement classiques :

> Qu'il luise ou qu'il luiserne,
> L'ours rentre en sa caverne.

Marius venait de sortir de la sienne; la nuit tombait. C'était l'heure d'aller dîner; car il avait bien fallu se remettre à dîner, hélas! ô infirmités des passions idéales!

Il venait de franchir le seuil de sa porte que mame Bougon balayait en ce moment-là même tout en prononçant ce mémorable monologue :

— Qu'est-ce qui est bon marché à présent? tout est cher. Il n'y a que la peine du monde qui est bon marché; elle est pour rien, la peine du monde!

Marius montait à pas lents le boulevard vers la barrière afin de gagner la rue Saint-Jacques. Il marchait pensif, la tête baissée.

Tout à coup il se sentit coudoyé dans la brume;

il se retourna, et vit deux jeunes filles en haillons, l'une longue et mince, l'autre un peu moins grande, qui passaient rapidement, essoufflées, effarouchées, et comme ayant l'air de s'enfuir; elles venaient à sa rencontre, ne l'avaient pas vu, et l'avaient heurté en passant. Marius distinguait dans le crépuscule leurs figures livides, leurs têtes décoiffées, leurs cheveux épars, leurs affreux bonnets, leurs jupes en guenilles et leurs pieds nus. Tout en courant, elles se parlaient. La plus grande disait d'une voix très-basse :

— Les cognes sont venus. Ils ont manqué me pincer au demi-cercle.

L'autre répondait : — Je les ai vus. J'ai cavalé, cavalé, cavalé !

Marius comprit, à travers cet argot sinistre, que les gendarmes ou les sergents de ville avaient failli saisir ces deux enfants, et que ces enfants s'étaient échappés.

Elles s'enfoncèrent sous les arbres du boulevard derrière lui, et y firent pendant quelques instants dans l'obscurité une espèce de blancheur vague qui s'effaça.

Marius s'était arrêté un moment.

Il allait continuer son chemin lorsqu'il aperçut un petit paquet grisâtre à terre à ses pieds. Il se baissa et le ramassa. C'était une façon d'enveloppe qui paraissait contenir des papiers.

— Bon, dit-il, ces malheureuses auront laissé tomber cela!

Il revint sur ses pas, il appela, il ne les retrouva plus; il pensa qu'elles étaient déjà loin, mit le paquet dans sa poche, et s'en alla dîner.

Chemin faisant, il vit dans une allée de la rue Mouffetard une bière d'enfant couverte d'un drap noir, posée sur trois chaises et éclairée par une chandelle. Les deux filles du crépuscule lui revinrent à l'esprit.

— Pauvres mères! pensa-t-il. Il y a une chose plus triste que de voir ses enfants mourir; c'est de les voir mal vivre.

Puis ces ombres qui variaient sa tristesse lui sortirent de la pensée, et il retomba dans ses préoccupations habituelles. Il se remit à songer à ses six mois d'amour et de bonheur en plein air et en pleine lumière sous les beaux arbres du Luxembourg.

— Comme ma vie est devenue sombre! se disait-il. Les jeunes filles m'apparaissent toujours. Seulement autrefois c'étaient les anges; maintenant ce sont les goules.

III

QUADRIFRONS

Le soir, comme il se déshabillait pour se coucher, sa main rencontra dans la poche de son habit le paquet qu'il avait ramassé sur le boulevard. Il l'avait oublié. Il songea qu'il serait utile de l'ouvrir, et que ce paquet contenait peut-être l'adresse de ces jeunes filles, si, en réalité, il leur appartenait, et dans tous les cas les renseignements nécessaires pour le restituer à la personne qui l'avait perdu.

Il défit l'enveloppe.

Elle n'était pas cachetée et contenait quatre lettres, non cachetées également.

Les adresses y étaient mises.

Toutes quatre exhalaient une odeur d'affreux tabac.

La première lettre était adressée : *à Madame, madame la marquise de Grucheray, place vis-à-vis la chambre des députés, n° ...*

Marius se dit qu'il trouverait probablement là les indications qu'il cherchait, et que d'ailleurs la lettre n'étant pas fermée, il était vraisemblable qu'elle pouvait être lue sans inconvénient.

Elle était ainsi conçue.:

« Madame la Marquise,

« La vertu de la clémence et piété est celle qui
« unit plus étroitement la sotiété. Promenez votre
« sentiment chrétien, et faites un regard de com-
« passion sur cette infortuné español victime de la
« loyauté et d'attachement à la cause sacrée de la

« légitimité, qu'il a payé de son sang, consacrée
« sa fortune, toutte, pour défendre cette cause, et
« aujourd'hui se trouve dans la plus grande mis-
« sère. Il ne doute point que votre honorable per-
« sonne l'accordera un secours pour conserver une
« existence éxtrèmement penible pour un militaire
« d'éducation et d'honneur plein de blessures,
« compte d'avance sur l'humanité qui vous animé
« et sur l'intérêt que Madame la marquise porte à
« une nation aussi malheureusse. Leur priere ne
« sera pas en vaine, et leur reconnaissance conser-
« vera sont charmant souvenir.

« De mes sentiments respectueux avec lesquelles
« j'ai l'honneur d'être

« Madame,

« DON ALVARÈS, capitaine español de
« caballerie, royaliste refugie en
« France que se trouve en voyagé
« pour sa patrie et le manquent
« les réssources pour continuer son
« voyagé. »

Aucune adresse n'était jointe à la signature. Ma-

rius espéra trouver l'adresse dans la deuxième
lettre dont la suscription portait : *à Madame,
madame la comtesse de Montvernet, rue Cassette,
nº 9.* Voici ce que Marius y lut :

« Madame la comtesse,

« C'est une malheureusse mèré de famille de six
« enfants dont le dernier n'a que huit mois. Moi
« malade depuis ma dernière couche, abandonnée
« de mon mari depuis cinq mois n'aiyant aucune
« réssource au monde la plus affrcusc indigance.

« Dans l'espoir de Madame la comtesse, elle a
« l'honneur d'être, madame, avec un profond res-
« pect,
                        « Femme BALIZARD. »

Marius passa à la troisième lettre, qui était
comme les précédentes une supplique : on y
lisait :

« Monsieur Pabourgeot, électeur, négociant-
« bonnetier en gros, rue Saint-Denis au
« coin de la rue aux Fers.

« Je me permets de vous adresser cette lettre

« pour vous prier de m'accorder la faveur pré-
« tieuse de vos simpaties et de vous intéresser à un
« homme de lettres qui vient d'envoyer un drame
« au Théâtre-Français. Le sujet en est historique,
« et l'action se passe en Auvergne du temps de
« l'empire : le style, je crois, en est naturel, laco-
« nique, et peut avoir quelque mérite. Il y a des
« couplets a chanter a quatre endroits. Le comique,
« le sérieux, l'imprevu, s'y mèlent à la variété des
« caractères et a une teinte de romantisme ré-
« pandue légèrement dans toute l'intrigue qui
« marche mistérieusement, et va, par des péri-
« pessies frappantes, se denouer au milieu de plu-
« sieurs coups de scènes éclatants.

« Mon but principal est de satisfère le desir qui
« anime progressivement l'homme de notre siècle,
« c'est à dire, la mode, cette caprisieuse et bizarre
« girouette qui change presque à chaque nouveau
« vent.

« Malgré ces qualités j'ai lieu de craindre que
« la jalousie, l'égoïsme des auteurs privilégiiés,
« obtienne mon exclusion du théâtre, car je
« n'ignore pas les déboires dont on abreuve les
« nouveaux venus.

« Monsieur Pabourgeot, votre juste réputation
« de protecteur éclairé des gants de lettres m'en-
« hardit à vous envoyer ma fille qui vous exposera
« notre situation indigante, manquant de pain et de
« feu dans cette saison d'hyver. Vous dire que je
« vous prie d'agreer l'hommage que je désire vous
« faire de mon drame et de tous ceux que je ferai,
« c'est vous prouver combien j'ambicionne l'hon-
« neur de m'abriter sous votre égide, et de parer
« mes écrits de votre nom. Si vous daignez m'ho-
« norer de la plus modeste offrande, je m'occupe-
« rai aussitôt à faire une pièsse de vers pour vous
« payer mon tribu de reconnaissance. Cette pièsse,
« que je tacherai de rendre aussi parfaite que pos-
« sible, vous sera envoyée avant d'être insérée au
« commencement du drame et débitée sur la scène.

              « A Monsieur

                 « et Madame Pabourgeot,

              « Mes hommages les plus respectueux.

              « GENFLOT, homme de lettres.

« *P. S.* Ne serait-ce que quarante sous.

« Excusez-moi d'envoyer ma fille et de ne pas
« me présenter moi-même, mais de tristes motifs
« de toilette ne me permettent pas, hélas! de
« sortir... »

Marius ouvrit enfin la quatrième lettre. Il y avait
sur l'adresse : *Au Monsieur bienfaisant de l'église
Saint-Jacques-du-Haut-Pas.* Elle contenait ces
quelques lignes :

« Homme bienfaisant,

« Si vous daignez accompagner ma fille, vous
« verrez une calamité missérable, et je vous mon-
« trerai mes certificats.

« A l'aspect de ces écrits votre âme généreuse
« sera mue d'un sentiment de sensible bienveil-
« lance, car les vrais philosophes éprouvent tou-
« jours de vives émotions.

« Convenez, homme compatissant, qu'il faut
« éprouver le plus cruel besoin, et qu'il est bien
« douloureux, pour obtenir quelque soulagement,
« de le faire attester par l'autorité comme si l'on
« n'était pas libre de souffrir et de mourir d'inani-

« tion en attendant que l'on soulage notre mis-
« sère. Les destins sont bien fatals pour d'aucuns
« et trop prodigue ou trop protecteur pour
« d'autres.

« J'attends votre présence ou votre offrande, si
« vous daignez la faire, et je vous prie de vouloir
« bien agréer les sentiments respectueux avec les-
« quels je m'honore d'être,

« homme vraiment magnanime,

« votre très-humble

« et très-obéissant serviteur,

« P. FABANTOU, artiste dramatique. »

Après avoir lu ces quatre lettres, Marius ne se
trouva pas beaucoup plus avancé qu'auparavant.

D'abord aucun des signataires ne donnait son
adresse.

Ensuite elles semblaient venir de quatre individus différents, don Alvarès, la femme Balizard,
le poëte Genflot et l'artiste dramatique Fabantou ;
mais ces lettres offraient ceci d'étrange qu'elles

étaient écrites toutes quatre de la même écriture.

Que conclure de là, sinon qu'elles venaient de la même personne?

En outre, et cela rendait la conjecture encore plus vraisemblable, le papier, grossier et jauni, était le même pour les quatre, l'odeur de tabac était la même, et quoiqu'on eût évidemment cherché à varier le style, les mêmes fautes d'orthographe s'y reproduisaient avec une tranquillité profonde, et l'homme de lettres Genflot n'en était pas plus exempt que le capitaine español.

S'évertuer à deviner ce petit mystère était peine inutile. Si ce n'eût pas été une trouvaille, cela eût eu l'air d'une mystification. Marius était trop triste pour bien prendre même une plaisanterie du hasard et pour se prêter au jeu que paraissait vouloir jouer avec lui le pavé de la rue. Il lui semblait qu'il était à Colin-Maillard entre les quatre lettres, qui se moquaient de lui.

Rien n'indiquait d'ailleurs que ces lettres appartinssent aux jeunes filles que Marius avait rencontrées sur le boulevard. Après tout, c'étaient des paperasses évidemment sans aucune valeur.

Marius les remit dans l'enveloppe, jeta le tout dans un coin et se coucha.

Vers sept heures du matin, il venait de se lever et de déjeuner, et il essayait de se mettre au travail lorsqu'on frappa doucement à sa porte.

Comme il ne possédait rien, il n'ôtait jamais sa clef, si ce n'est quelquefois, fort rarement, lorsqu'il travaillait à quelque travail pressé. Du reste, même absent, il laissait sa clef à sa serrure. — On vous volera, disait mame Bougon. — Quoi? disait Marius. — Le fait est pourtant qu'un jour on lui avait volé une vieille paire de bottes, au grand triomphe de mame Bougon.

On frappa un second coup, très-doux comme le premier.

— Entrez, dit Marius.

La porte s'ouvrit.

— Qu'est-ce que vous voulez, mame Bougon? reprit Marius sans quitter des yeux les livres et les manuscrits qu'il avait sur sa table.

Une voix, qui n'était pas celle de mame Bougon, répondit :

— Pardon, monsieur...

C'était une voix sourde, cassée, étranglée, érail-

lée, une voix de vieux homme enroué d'eau-de-vie
et de rogome.

Marius se tourna vivement, et vit une jeune
fille.

IV

UNE ROSE DANS LA MISERE

Une toute jeune fille était debout dans la porte entre-bâillée. La lucarne du galetas où le jour paraissait était précisément en face de la porte et éclairait cette figure d'une lumière blafarde. C'était une créature hâve, chétive, décharnée ; rien qu'une chemise et une jupe sur une nudité frissonnante et glacée. Pour ceinture une ficelle, pour coiffure une ficelle, des épaules pointues sortant de la chemise, une pâleur blonde et lymphatique, des clavicules terreuses, des mains rouges, la bouche entr'ouverte et dégradée, des dents de moins, l'œil terne, hardi et bas, les formes d'une jeune fille avortée et le regard d'une vieille femme corrompue ; cinquante ans mêlés à quinze ans ; un de ces êtres qui sont tout ensemble faibles et horribles et qui font frémir ceux qu'ils ne font pas pleurer.

Marius s'était levé et considérait avec une sorte de stupeur cet être, presque pareil aux formes de l'ombre qui traversent les rêves.

Ce qui était poignant surtout, c'est que cette jeune fille n'était pas venue au monde pour être laide. Dans sa première enfance, elle avait dû même être jolie. La grâce de l'âge luttait encore contre la hideuse vieillesse anticipée de la débauche et de la pauvreté. Un reste de beauté se mourait sur ce visage de seize ans, comme ce pâle soleil qui s'éteint sous d'affreuses nuées à l'aube d'une journée d'hiver.

Ce visage n'était pas absolument inconnu à Marius. Il croyait se rappeler l'avoir vu quelque part.

— Que voulez-vous, mademoiselle? demanda-t-il.

La jeune fille répondit avec sa voix de galérien ivre :

— C'est une lettre pour vous, monsieur Marius.

Elle appelait Marius par son nom; il ne pouvait douter que ce ne fût à lui qu'elle eût affaire; mais qu'était-ce que cette fille? comment savait-elle son nom?

Sans attendre qu'il lui dît d'avancer, elle entra. Elle entra résolûment, regardant avec une sorte d'assurance qui serrait le cœur toute la chambre et le lit défait. Elle avait les pieds nus. De larges trous à son jupon laissaient voir ses longues jambes et ses genoux maigres. Elle grelottait.

Elle tenait en effet une lettre à la main qu'elle présenta à Marius.

Marius en ouvrant cette lettre remarqua que le pain à cacheter large et énorme était encore mouillé. Le message ne pouvait venir de bien loin. Il lut :

« Mon aimable voisin, jeune homme!

« J'ai apris vos bontés pour moi, que vous avez

« payé mon terme il y a six mois. Je vous bénis,
« jeune homme. Ma fille aînée vous dira que nous
« sommes sans un morceau de pain depuis deux
« jours, quatre personnes, et mon épouse malade.
« Si je ne suis point dessu dans ma pensée, je crois
« devoir espérer que votre cœur généreux s'huma-
« nisera à cet exposé et vous subjuguera le désir
« de m'être propice en daignant me prodiguer un
« léger bienfait.

    « Je suis avec la considération distinguée qu'on
« doit aux bienfaiteurs de l'humanité,

                  « JONDRETTE.

    « *P. S.* Ma fille attendra vos ordres, cher mon-
« sieur Marius. »

    Cette lettre, au milieu de l'aventure obscure qui
occupait Marius depuis la veille au soir, c'était
une chandelle dans une cave. Tout fut brusquement
éclairé.

    Cette lettre venait d'où venaient les quatre autres.
C'était la même écriture, le même style, la même
orthographe, le même papier, la même odeur de
tabac.

Il y avait cinq missives, cinq histoires, cinq noms, cinq signatures, et un seul signataire. Le capitaine español don Alvarès, la malheureuse mère Balizard, le poëte dramatique Genflot, le vieux comédien Fabantou se nommaient tous les quatre Jondrette, si toutefois Jondrette lui-même s'appelait Jondrette.

Depuis assez longtemps déjà que Marius habitait la masure, il n'avait eu, nous l'avons dit, que de bien rares occasions de voir, d'entrevoir même son très-infime voisinage. Il avait l'esprit ailleurs, et où est l'esprit est le regard. Il avait dû plus d'une fois croiser les Jondrette dans le corridor et dans l'escalier; mais ce n'étaient pour lui que des silhouettes; il y avait pris si peu garde que la veille au soir il avait heurté sur le boulevard sans les reconnaître les filles Jondrette, car c'étaient évidemment elles, et que c'était à grand'peine que celle-ci, qui venait d'entrer dans sa chambre, avait éveillé en lui, à travers le dégoût et la pitié, un vague souvenir de l'avoir rencontrée ailleurs.

Maintenant il voyait clairement tout. Il comprenait que son voisin Jondrette avait pour industrie dans sa détresse d'exploiter la charité des person-

nes bienfaisantes, qu'il se procurait des adresses,
et qu'il écrivait sous des noms supposés à des gens
qu'il jugeait riches et pitoyables des lettres que
ses filles portaient, à leurs risques et périls, car ce
père en était là qu'il risquait ses filles; il jouait une
partie avec la destinée et il les mettait au jeu. Marius comprenait que probablement, à en juger par
leur fuite de la veille, par leur essoufflement, par
leur terreur, et par ces mots d'argot qu'il avait en-
tendus, ces infortunées faisaient encore on ne sait
quels métiers sombres, et que de tout cela il en
était résulté, au milieu de la société humaine telle
qu'elle est faite, deux misérables êtres qui n'é-
taient ni des enfants, ni des filles, ni des femmes,
espèce de monstres impurs et innocents produits
par la misère.

Tristes créatures sans nom, sans âge, sans sexe,
auxquelles ni le bien, ni le mal ne sont plus possibles, et qui, en sortant de l'enfance, n'ont déjà
plus rien dans ce monde, ni la liberté, ni la vertu,
ni la responsabilité. Ames écloses hier, fanées aujourd'hui, pareilles à ces fleurs tombées dans la
rue que toutes les boues flétrissent en attendant
qu'une roue les écrase.

Cependant, tandis que Marius attachait sur elle un regard étonné et douloureux, la jeune fille allait et venait dans la mansarde avec une audace de spectre. Elle se démenait sans se préoccuper de sa nudité. Par instants, sa chemise, défaite et déchirée, lui tombait presque à la ceinture. Elle remuait les chaises, elle dérangeait les objets de toilette posés sur la commode, elle touchait aux vêtements de Marius, elle furetait ce qu'il y avait dans les coins.

— Tiens, dit-elle, vous avez un miroir !

Et elle fredonnait, comme si elle eût été seule, des bribes de vaudeville, des refrains folâtres que sa voix gutturale et rauque faisait lugubres. Sous cette hardiesse perçait je ne sais quoi de contraint, d'inquiet et d'humilié. L'effronterie est une honte.

Rien n'était plus morne que de la voir s'ébattre et pour ainsi dire voleter dans la chambre avec des mouvements d'oiseau que le jour effare, ou qui a l'aile cassée. On sentait qu'avec d'autres conditions d'éducation et de destinée, l'allure gaie et libre de cette jeune fille eût pu être quelque chose de doux et de charmant. Jamais parmi les animaux la créa-

ture née pour être une colombe ne se change en
une orfraie. Cela ne se voit que parmi les hommes.

Marius songeait, et la laissait faire.

Elle s'approcha de la table.

— Ah! dit-elle, des livres!

Une lueur traversa son œil vitreux. Elle reprit,
et son accent exprimait le bonheur de se vanter
de quelque chose, auquel nulle créature humaine
n'est insensible :

— Je sais lire, moi.

Elle saisit vivement le livre ouvert sur la table,
et lut assez couramment :

« ... Le général Bauduin reçut l'ordre d'enlever
« avec les cinq bataillons de sa brigade le château
« de Hougomont qui est au milieu de la plaine de
« Waterloo... »

Elle s'interrompit :

— Ah! Waterloo! Je connais ça. C'est une
bataille dans les temps. Mon père y était. Mon
père a servi dans les armées. Nous sommes joli-
ment bonapartistes chez nous, allez! C'est contre
les Anglais, Waterloo.

Elle posa le livre, prit une plume, et s'écria :

— Et je sais écrire aussi!

Elle trempa la plume dans l'encre, et se tournant vers Marius :

— Voulez-vous voir ? Tenez, je vais écrire un mot pour voir.

Et avant qu'il eût eu le temps de répondre, elle écrivit sur une feuille de papier blanc qui était au milieu de la table : *Les cognes sont là.*

Puis, jetant la plume :

— Il n'y a pas de fautes d'orthographe. Vous pouvez regarder. Nous avons reçu de l'éducation, ma sœur et moi. Nous n'avons pas toujours été comme nous sommes. Nous n'étions pas faites...

Ici elle s'arrêta, fixa sa prunelle éteinte sur Marius, et éclata de rire en disant avec une intonation qui contenait toutes les angoisses étouffées par tous les cynismes :

— Bah !

Et elle se mit à fredonner ces paroles sur un air gai :

> J'ai faim, mon père.
> Pas de fricot.
> J'ai froid, ma mère.
> Pas de tricot.

> Grelotte,
> Lolot et
> Sangloto,
> Jacquot!

A peine eut-elle achevé ce couplet qu'elle
s'écria :

— Allez-vous quelquefois au spectacle, monsieur
Marius? Moi, j'y vais. J'ai un petit frère qui est
ami avec des artistes et qui me donne des fois des
billets. Par exemple, je n'aime pas les banquettes
de galeries. On y est gêné, on y est mal. Il y a
quelquefois du gros monde; il y a aussi du monde
qui sent mauvais.

Puis elle considéra Marius, prit un air étrange,
et lui dit :

— Savez-vous, monsieur Marius, que vous êtes
très-joli garçon?

Et en même temps il leur vint à tous les deux
la même pensée, qui la fit sourire et qui le fit
rougir. •

Elle s'approcha de lui, et lui posa une main sur
l'épaule : — Vous ne faites pas attention à moi,
mais je vous connais, monsieur Marius. Je vous
rencontre ici dans l'escalier, et puis je vous vois

entrer chez un appelé le père Mabeuf qui demeure
du côté d'Austerlitz, des fois, quand je me pro-
mène par là. Cela vous va très-bien, vos cheveux
ébouriffés.

Sa voix cherchait à être très-douce et ne parve-
nait qu'à être très-basse. Une partie des mots se
perdait dans le trajet du larynx aux lèvres comme
sur un clavier où il manque des notes.

Marius s'était reculé doucement.

— Mademoiselle, dit-il avec sa gravité froide,
j'ai là un paquet qui est, je crois, à vous. Permet-
tez-moi de vous le remettre.

Et il lui tendit l'enveloppe qui renfermait les
quatre lettres.

Elle frappa dans ses deux mains, et s'écria :

— Nous avons cherché partout !

Puis elle saisit vivement le paquet, et défit l'enveloppe, tout en disant :

— Dieu de Dieu ! avons-nous cherché, ma sœur
et moi ! Et c'est vous qui l'aviez trouvé ! sur
le boulevard, n'est-ce pas ? ce doit être sur le
boulevard ? Voyez-vous, ça a tombé quand nous
avons couru. C'est ma mioche de sœur qui a fait la
bêtise. En rentrant, nous ne l'avons plus trouvé.

Comme nous ne voulions pas être battues, que cela
est inutile, que cela est entièrement inutile, que
cela est absolument inutile, nous avons dit chez
nous que nous avions porté les lettres chez les personnes et qu'on nous avait dit : Nix ! Les voilà ces
pauvres lettres ! Et à quoi avez-vous vu qu'elles
étaient à moi ? Ah oui, à l'écriture ! C'est donc
vous que nous avons cogné en passant hier au soir.
On n'y voyait pas, quoi ! J'ai dit à ma sœur : Est-ce
que c'est un monsieur ? Ma sœur m'a dit : Je crois
que c'est un monsieur !

Cependant, elle avait déplié la supplique adressée « au monsieur bienfaisant de l'église Saint-
« Jacques-du-Haut-Pas. »

— Tiens ! dit-elle, c'est celle pour ce vieux qui
va à la messe. Au fait, c'est l'heure. Je vas lui porter. Il nous donnera peut-être de quoi déjeuner.

Puis elle se remit à rire, et ajouta :

— Savez-vous ce que cela fera si nous déjeu-
nons aujourd'hui ? Cela fera que nous aurons eu
notre déjeuner d'avant-hier, notre dîner d'avant-
hier, notre déjeuner d'hier, notre dîner d'hier,
tout ça en une fois, ce matin. Tiens ! parbleu ! si
vous n'êtes pas contents, crevez, chiens !

Ceci fit souvenir Marius de ce que la malheureuse venait chercher chez lui.

Il fouilla dans son gilet, il n'y trouva rien.

La jeune fille continuait, et semblait parler comme si elle n'avait plus conscience que Marius fût là.

— Des fois je m'en vais le soir. Des fois je ne rentre pas. Avant d'être ici, l'autre hiver, nous demeurions sous les arches des ponts. On se serrait pour ne pas geler. Ma petite sœur pleurait. L'eau, comme c'est triste! Quand je pensais à me noyer, je disais : Non; c'est trop froid. Je vais toute seule quand je veux, je dors des fois dans les fossés. Savez-vous, la nuit, quand je marche sur le boulevard, je vois les arbres comme des fourches, je vois des maisons toutes noires grosses comme les tours de Notre-Dame, je me figure que les murs blancs sont la rivière, je me dis : Tiens, il y a de l'eau là! Les étoiles sont comme des lampions d'illuminations, on dirait qu'elles fument et que le vent les éteint, je suis ahurie, comme si j'avais des chevaux qui me soufflent dans l'oreille; quoique ce soit la nuit, j'entends des orgues de Barbarie et les mécaniques des filatures, est-ce que je sais, moi? Je crois qu'on me jette des pierres, je me sauve sans savoir, tout tourne, tout tourne. Quand on n'a pas mangé, c'est très-drôle.

Et elle le regarda d'un air égaré.

A force de creuser et d'approfondir ses poches, Marius avait fini par réunir cinq francs seize sous. C'était en ce moment tout ce qu'il possédait au monde. — Voilà toujours mon dîner d'aujourd'hui, pensa-t-il, demain nous verrons. — Il prit les seize sous et donna les cinq francs à la jeune fille.

Elle saisit la pièce.

— Bon! dit-elle, il y a du soleil!

Et comme si le soleil eût eu la propriété de faire fondre dans son cerveau des avalanches d'argot, elle poursuivit :

— Cinque francs! du luisant! un monarque! dans cette piolle! c'est chenâtre! vous êtes un bon mion. Je vous fonce mon palpitant. Bravo les fanandels! deux jours de pivois! et de la viande-muche! et du fricotmar! on pitancera chenument! et de la bonne mouise!

Elle ramena sa chemise sur ses épaules, fit un profond salut à Marius, puis un signe familier de la main, et se dirigea vers la porte en disant :

— Bonjour, monsieur. C'est égal. Je vas trouver mon vieux.

En passant, elle aperçut sur la commode une croûte de pain desséchée qui y moisissait dans la poussière, elle se jeta dessus et y mordit en grommelant :

— C'est bon ! c'est dur ! ça me casse les dents !

Puis elle sortit.

V

.

LE JUDAS DE LA PROVIDENCE

Marius depuis cinq ans avait vécu dans la pauvreté, dans le dénûment, dans la détresse même,
mais il s'aperçut qu'il n'avait point connu la vraie
misère. La vraie misère, il venait de la voir. C'était
cette larve qui venait de passer sous ses yeux. C'est
qu'en effet qui n'a vu que la misère de l'homme
n'a rien vu, il faut voir la misère de la femme ; qui

n'a vu que la misère de la femme n'a rien vu, il faut voir la misère de l'enfant.

Quand l'homme est arrivé aux dernières extrémités, il arrive en même temps aux dernières ressources. Malheur aux êtres sans défense qui l'entourent! Le travail, le salaire, le pain, le feu, le courage, la bonne volonté, tout lui manque à la fois. La clarté du jour semble s'éteindre au dehors, la lumière morale s'éteint au dedans; dans ces ombres, l'homme rencontre la faiblesse de la femme et de l'enfant, et les ploie violemment aux ignominies.

Alors toutes les horreurs sont possibles. Le désespoir est entouré de cloisons fragiles qui donnent toutes sur le vice ou sur le crime.

La santé, la jeunesse, l'honneur, les saintes et farouches délicatesses de la chair encore neuve, le cœur, la virginité, la pudeur, cet épiderme de l'âme, sont sinistrement maniés par ce tâtonnement qui cherche des ressources, qui rencontre l'opprobre, et qui s'en accommode. Pères, mères, enfants, frères, sœurs, hommes, femmes, filles, adhèrent, et s'agrégent presque comme une formation minérale, dans cette brumeuse promiscuité

de sexes, de parentés, d'âges, d'infamies, d'inno-
cences. Ils s'accroupissent, adossés les uns aux
autres, dans une espèce de destin-taudis. Ils s'en-
tre-regardent lamentablement. O les infortunés!
comme ils sont pâles! comme ils ont froid! Il
semble qu'ils soient dans une planète bien plus
loin du soleil que nous.

Cette jeune fille fut pour Marius une sorte d'envoyée des ténèbres.

Elle lui révéla tout un côté hideux de la nuit.

Marius se reprocha presque les préoccupations
de rêverie et de passion qui l'avaient empêché jusqu'à ce jour de jeter un coup d'œil sur ses voisins.
Avoir payé leur loyer, c'était un mouvement machinal, tout le monde eût eu ce mouvement; mais
lui Marius eût dû faire mieux. Quoi! un mur seulement le séparait de ces êtres abandonnés, qui
vivaient à tâtons dans la nuit en dehors du reste
des vivants, il les coudoyait, il était en quelque
sorte, lui, le dernier chaînon du genre humain
qu'ils touchassent, il les entendait vivre ou plutôt
râler à côté de lui, et il n'y prenait point garde!
tous les jours à chaque instant, à travers la muraille, il les entendait marcher, aller, venir, parler,

et il ne prêtait pas l'oreille ! et dans ces paroles il y avait des gémissements, et il ne les écoutait même pas, sa pensée était ailleurs, à des songes, à des rayonnements impossibles, à des amours en l'air, à des folies ; et cependant des créatures humaines, ses frères en Jésus-Christ, ses frères dans le peuple, agonisaient à côté de lui ! agonisaient inutilement ! il faisait même partie de leur malheur, et il l'aggravait. Car s'ils avaient eu un autre voisin, un voisin moins chimérique et plus attentif, un homme ordinaire et charitable, évidemment leur indigence eût été remarquée, leurs signaux de détresse eussent été aperçus, et depuis longtemps déjà peut-être ils eussent été recueillis et sauvés ! Sans doute ils paraissaient bien dépravés, bien corrompus, bien avilis, bien odieux même, mais ils sont rares ceux qui sont tombés sans être dégradés ; d'ailleurs il y a un point où les infortunés et les infâmes se mêlent et se confondent dans un seul mot, mot fatal, les misérables ; de qui est-ce la faute ? Et puis, est-ce que ce n'est pas quand la chute est plus profonde que la charité doit être plus grande ?

Tout en se faisant cette morale, car il y avait des

occasions où Marius, comme tous les cœurs vraiment honnêtes, était à lui-même son propre pédagogue et se grondait plus qu'il ne le méritait, il considérait le mur qui le séparait des Jondrette, comme s'il eût pu faire passer à travers cette cloison son regard plein de pitié et en aller réchauffer ces malheureux. Le mur était une mince lame de plâtre soutenue par des lattes et des solives, et qui, comme on vient de le lire, laissait parfaitement distinguer le bruit des paroles et des voix. Il fallait être le songeur Marius pour ne pas s'en être encore aperçu. Aucun papier n'était collé sur ce mur ni du côté des Jondrette, ni du côté de Marius; on en voyait à nu la grossière construction. Sans presque en avoir conscience, Marius examinait cette cloison; quelquefois la rêverie examine, observe et scrute comme ferait la pensée. Tout à coup, il se leva, il venait de remarquer vers le haut, près du plafond, un trou triangulaire résultant de trois lattes qui laissaient un vide entre elles. Le plâtras qui avait dû boucher ce vide était absent, et en montant sur la commode on pouvait voir par cette ouverture dans le galetas des Jondrette. La commisération a et doit avoir sa curiosité. Ce trou fai-

sait une espèce de judas. Il est permis de regarder
l'infortune en traître pour la secourir. — Voyons
un peu ce que c'est que ces gens-là, pensa Marius,
et où ils en sont.

Il escalada la commode, approcha sa prunelle
de la crevasse et regarda.

VI

L'HOMME FAUVE AU GITE

Les villes, comme les forêts, ont leurs antres où se cachent tout ce qu'elles ont de plus méchant et de plus redoutable. Seulement, dans les villes, ce qui se cache ainsi est féroce, immonde et petit, c'est-à-dire laid; dans les forêts, ce qui se cache est féroce, sauvage et grand, c'est-à-dire beau. Repaires pour repaires, ceux des bêtes sont préférables à ceux des hommes. Les cavernes valent mieux que les bouges.

Ce que Marius voyait était un bouge.

Marius était pauvre et sa chambre était indigente, mais de même que sa pauvreté était noble, son grenier était propre. Le taudis où son regard plongeait en ce moment était abject, sale, fétide, infect, ténébreux, sordide. Pour tous meubles, une chaise de paille, une table infirme, quelques vieux tessons, et dans deux coins deux grabats indescriptibles; pour toute clarté, une fenêtre-mansarde à quatre carreaux, drapée de toiles d'araignée. Il venait par cette lucarne juste assez de jour pour qu'une face d'homme parût une face de fantôme. Les murs avaient un aspect lépreux, et étaient couverts de coutures et de cicatrices comme un visage défiguré par quelque horrible maladie; une humidité chassieuse y suintait. On y distinguait des dessins obscènes grossièrement charbonnés.

La chambre que Marius occupait avait un pavage de briques délabré; celle-ci n'était ni carrelée, ni planchéiée; on y marchait à cru sur l'antique plâtre de la masure devenu noir sous les

pieds. Sur ce sol inégal, où la poussière était
comme incrustée et qui n'avait qu'une virginité,
celle du balai, se groupaient capricieusement des
constellations de vieux chaussons, de savates et de
chiffons affreux; du reste cette chambre avait une
cheminée; aussi la louait-on quarante francs par
an. Il y avait de tout dans cette cheminée, un réchaud, une marmite, des planches cassées, des
loques pendues à des clous, une cage d'oiseau, de
la cendre et même un peu de feu. Deux tisons y
fumaient tristement.

Une chose qui ajoutait encore à l'horreur de ce
galetas, c'est que c'était grand. Cela avait des
saillies, des angles, des trous noirs, des dessous
de toits, des baies et des promontoires. De là d'affreux coins insondables où il semblait que devaient
se blottir des araignées grosses comme le poing,
des cloportes larges comme le pied, et peut-être
même on ne sait quels êtres humains monstrueux.

L'un des grabats était près de la porte, l'autre
près de la fenêtre. Tous deux touchaient par une
extrémité à la cheminée et faisaient face à Marius.
Dans un angle voisin de l'ouverture par où Marius
regardait, était accrochée au mur dans un cadre

de bois noir une gravure coloriée au bas de laquelle était écrit en grosses lettres : LE SONGE. Cela représentait une femme endormie et un enfant endormi, l'enfant sur les genoux de la femme, un aigle dans un nuage avec une couronne dans le bec, et la femme écartant la couronne de la tête de l'enfant, sans se réveiller d'ailleurs ; au fond Napoléon dans une gloire s'appuyant sur une colonne gros bleu à chapiteau jaune ornée de cette inscription :

MARINGO
AUSTERLITS
IENA
WAGRAMME
ELOT

Au-dessous de ce cadre, une espèce de panneau de bois plus long que large était posé à terre et appuyé en plan incliné contre le mur. Cela avait l'air d'un tableau retourné, d'un châssis probablement barbouillé de l'autre côté, de quelque trumeau détaché d'une muraille et oublié là en attendant qu'on le raccroche.

Près de la table, sur laquelle Marius apercevait une plume, de l'encre et du papier, était assis un homme d'environ soixante ans, petit, maigre, livide, hagard, l'air fin, cruel et inquiet; un gredin hideux.

Lavater, s'il eût considéré ce visage, y eût trouvé le vautour mêlé au procureur; l'oiseau de proie et l'homme de chicane s'enlaidissant et se complétant l'un par l'autre, l'homme de chicane faisant l'oiseau de proie ignoble, l'oiseau de proie faisant l'homme de chicane horrible.

Cet homme avait une longue barbe grise. Il était vêtu d'une chemise de femme qui laissait voir sa poitrine velue et ses bras nus hérissés de poils gris. Sous cette chemise, on voyait passer un pantalon boueux et des bottes dont sortaient les doigts de ses pieds.

Il avait une pipe à la bouche et il fumait. Il n'y avait plus de pain dans le taudis, mais il y avait encore du tabac.

Il écrivait, probablement quelque lettre comme celles que Marius avait lues.

Sur un coin de la table on apercevait un vieux volume rougeâtre dépareillé, et le format, qui était l'ancien in-12 des cabinets de lecture, révélait un roman. Sur la couverture, s'étalait ce titre imprimé en grosses majuscules : DIEU, LE ROI, L'HON-

NEUR ET LES DAMES, PAR DUCRAY-DU-
MINIL. 1814.

Tout en écrivant, l'homme parlait haut, et Marius entendait ses paroles :

— Dire qu'il n'y a pas d'égalité, même quand
on est mort! Voyez un peu le Père-Lachaise! Les
grands, ceux qui sont riches, sont en haut, dans
l'allée des acacias, qui est pavée. Ils peuvent y
arriver en voiture. Les petits, les pauvres gens, les
malheureux, quoi! on les met dans le bas, où il y
a de la boue jusqu'aux genoux, dans les trous,
dans l'humidité. On les met là pour qu'ils soient
plus vite gâtés! On ne peut pas aller les voir sans
enfoncer dans la terre.

Ici il s'arrêta, frappa du poing sur la table, et
ajouta en grinçant des dents :

— Oh! je mangerais le monde!

Une grosse femme qui pouvait avoir quarante
ans ou cent ans était accroupie près de la cheminée sur ses talons nus.

Elle n'était vêtue, elle aussi, que d'une chemise, et d'un jupon de tricot rapiécé avec des
morceaux de vieux drap. Un tablier de grosse toile
cachait la moitié du jupon. Quoique cette femme

fût pliée et ramassée sur elle-même, on voyait
qu'elle était de très-haute taille. C'était une espèce
de géante à côté de son mari. Elle avait d'affreux
cheveux d'un blond roux grisonnants qu'elle remuait de temps en temps avec ses énormes mains
luisantes à ongles plats.

A côté d'elle était posé à terre, tout grand
ouvert, un volume du même format que l'autre, et
probablement du même roman.

Sur un des grabats, Marius entrevoyait une
espèce de longue petite fille blême assise presque
nue et les pieds pendants, n'ayant l'air ni d'écouter, ni de voir, ni de vivre.

La sœur cadette sans doute de celle qui était
venue chez lui.

Elle paraissait onze ou douze ans. En l'examinant avec attention, on reconnaissait qu'elle en
avait bien quatorze. C'était l'enfant qui disait la
veille au soir sur le boulevard : *J'ai cavalé ! cavalé ! cavalé !*

Elle était de cette espèce malingre qui reste
longtemps en retard, puis pousse vite et tout à
coup. C'est l'indigence qui fait ces tristes plantes
humaines. Ces créatures n'ont ni enfance ni ado-

lescence. A quinze ans, elles en paraissent douze, à seize ans, elles en paraissent vingt. Aujourd'hui petite fille, demain femme. On dirait qu'elles enjambent la vie, pour avoir fini plus vite.

En ce moment, cet être avait l'air d'un enfant.

Du reste, il ne se révélait dans ce logis la présence d'aucun travail; pas un métier, pas un rouet, pas un outil. Dans un coin quelques ferrailles d'un aspect douteux. C'était cette morne paresse qui suit le désespoir et qui précède l'agonie.

Marius considéra quelque temps cet intérieur funèbre plus effrayant que l'intérieur d'une tombe, car on y sentait remuer l'âme humaine et palpiter la vie.

Le galetas, la cave, la basse fosse où de certains indigents rampent au plus bas de l'édifice social n'est pas tout à fait le sépulcre, c'en est l'antichambre; mais comme ces riches qui étalent leurs plus grandes magnificences à l'entrée de leur palais, il semble que là mort, qui est tout à côté, mette ses plus grandes misères dans ce vestibule.

L'homme s'était tu, la femme ne parlait pas, la jeune fille ne semblait pas respirer. On entendait crier la plume sur le papier.

L'homme grommela, sans cesser d'écrire : — Canaille! canaille! tout est canaille!

Cette variante à l'épiphonème de Salomon arracha un soupir à la femme.

— Petit ami, calme-toi, dit-elle. Ne te fais pas de mal, chéri. Tu es trop bon d'écrire à tous ces gens-là, mon homme.

Dans la misère, les corps se serrent les uns contre les autres, comme dans le froid, mais les cœurs s'éloignent. Cette femme, selon toute apparence, avait dû aimer cet homme de la quantité d'amour qui était en elle; mais probablement, dans les reproches quotidiens et réciproques d'une affreuse détresse pesant sur tout le groupe, cela s'était éteint. Il n'y avait plus en elle pour son mari que de la cendre d'affection. Pourtant les appellations caressantes, comme cela arrive souvent, avaient survécu. Elle lui disait : *Chéri, petit ami, mon homme,* etc., de bouche, le cœur se taisant.

L'homme s'était remis à écrire.

VII

STRATÉGIE ET TACTIQUE

Marius, la poitrine oppressée, allait redescendre de l'espèce d'observatoire qu'il s'était improvisé, quand un bruit attira son attention et le fit rester à sa place.

La porte du galetas venait de s'ouvrir brusquement. La fille aînée parut sur le seuil. Elle avait aux pieds de gros souliers d'homme tachés de boue qui avait jailli jusque sur ses chevilles rouges.

et elle était couverte d'une vieille mante en lambeaux que Marius ne lui avait pas vue une heure auparavant, mais qu'elle avait probablement déposée à sa porte afin d'inspirer plus de pitié, et qu'elle avait dû reprendre en sortant. Elle entra, repoussa la porte derrière elle, s'arrêta pour reprendre haleine, car elle était tout essoufflée, puis cria avec une expression de triomphe et de joie :

— Il vient !

Le père tourna les yeux, la femme tourna la tête, la petite sœur ne bougea pas.

— Qui? demanda le père.

— Le monsieur !

— Le philanthrope?

— Oui.

— De l'église Saint-Jacques?

— Oui.

— Ce vieux?

— Oui.

— Et il va venir?

— Il me suit.

— Tu es sûre?

— Je suis sûre.

— Là, vrai, il vient?

— Il vient en fiacre.

— En fiacre. C'est Rothschild !

Le père se leva.

— Comment es-tu sûre ? s'il vient en fiacre, comment se fait-il que tu arrives avant lui ? lui as-tu bien donné l'adresse au moins ? lui as-tu bien dit la dernière porte au fond du corridor à droite ? pourvu qu'il ne se trompe pas ! tu l'as donc trouvé à l'église ? a-t-il lu ma lettre ? qu'est-ce qu'il t'a dit ?

— Ta, ta, ta ! dit la fille, comme tu galopes, bonhomme ! Voici : je suis entrée dans l'église, il était à sa place d'habitude, je lui ai fait la révérence, et je lui ai remis la lettre, il a lu et il m'a dit : Où demeurez-vous, mon enfant ? J'ai dit : Monsieur, je vas vous mener. Il m'a dit : Non, donnez-moi votre adresse, ma fille a des emplettes à faire, je vais prendre une voiture et j'arriverai chez vous en même temps que vous. Je lui ai donné l'adresse. Quand je lui ai dit la maison, il a paru surpris et qu'il hésitait un instant, puis il a dit : C'est égal, j'irai. La messe finie, je l'ai vu sortir de l'église avec sa fille, je les ai vus monter en fiacre. Et je lui ai bien dit la dernière porte au fond du corridor à droite.

— Et qu'est-ce qui te dit qu'il viendra?

— Je viens de voir le fiacre qui arrivait rue du Petit-Banquier. C'est ce qui fait que j'ai couru.

— Comment sais-tu que c'est le même fiacre?

— Parce que j'en avais remarqué le numéro donc!

— Quel est ce numéro?

— 440.

— Bien, tu es une fille d'esprit.

La fille regarda hardiment son père, et montrant les chaussures qu'elle avait aux pieds :

— Une fille d'esprit, c'est possible, mais je dis que je ne mettrai plus ces souliers-là, et que je n'en veux plus, pour la santé d'abord, et pour la propreté ensuite. Je ne connais rien de plus agaçant que des semelles qui jutent et qui font ghi, ghi, ghi, tout le long du chemin. J'aime mieux aller nu-pieds.

— Tu as raison, répondit le père d'un ton de douceur qui contrastait avec la rudesse de la jeune fille, mais c'est qu'on ne te laisserait pas entrer dans les églises, il faut que les pauvres aient des souliers. On ne va pas pieds nus chez le bon

Dieu, ajouta-t-il amèrement. Puis revenant à l'objet qui le préoccupait.

— Et tu es sûre, là, sûre qu'il vient ?

— Il est derrière mes talons, dit-elle.

L'homme se dressa. Il y avait une sorte d'illumination sur son visage.

— Ma femme ! cria-t-il, tu entends. Voilà le philanthrope. Eteins le feu.

La mère stupéfaite ne bougea pas.

Le père, avec l'agilité d'un saltimbanque, saisit un pot égueulé qui était sur la cheminée et jeta de l'eau sur les tisons.

Puis s'adressant à sa fille aînée :

— Toi ! dépaille la chaise !

Sa fille ne comprenait point.

Il empoigna la chaise et d'un coup de talon il en fit une chaise dépaillée. Sa jambe passa au travers.

Tout en retirant la jambe, il demanda à sa fille :

— Fait-il froid ?

— Très-froid. Il neige.

Le père se tourna vers la cadette qui était sur le grabat près de la fenêtre et lui cria d'une voix tonnante :

— Vite ! à bas du lit, fainéante ! tu ne feras donc jamais rien ! casse un carreau !

La petite se jeta à bas du lit en frissonnant.

— Casse un carreau ! reprit-il.

L'enfant demeura interdite.

— M'entends-tu ? répéta le père, je te dis de casser un carreau !

L'enfant, avec une sorte d'obéissance terrifiée, se dressa sur la pointe du pied, et donna un coup de poing dans un carreau. La vitre se brisa et tomba à grand bruit.

— Bien, dit le père.

Il était grave et brusque. Son regard parcourait rapidement tous les recoins du galetas.

On eût dit un général qui fait les derniers préparatifs au moment où la bataille va commencer.

La mère, qui n'avait pas encore dit un mot, se souleva et demanda d'une voix lente et sourde et dont les paroles semblaient sortir comme figées :

— Chéri, qu'est-ce que tu veux faire ?

— Mets-toi au lit, répondit l'homme.

L'intonation n'admettait pas de délibération.

La mère obéit et se jeta lourdement sur un des grabats.

Cependant on entendait un sanglot dans un coin.

— Qu'est-ce que c'est? cria le père.

La fille cadette, sans sortir de l'ombre où elle s'était blottie, montra son poing ensanglanté. En brisant la vitre elle s'était blessée; elle s'en était allée près du grabat de sa mère, et elle pleurait silencieusement.

Ce fut le tour de la mère de se dresser et de crier.

— Tu vois bien! les bêtises que tu fais! en cassant ton carreau, elle s'est coupée!

— Tant mieux! dit l'homme, c'était prévu.

— Comment? tant mieux! reprit la femme...

— Paix! répliqua le père, je supprime la liberté de la presse.

Puis déchirant la chemise de femme qu'il avait sur le corps, il fit un lambeau de toile dont il enveloppa vivement le poignet sanglant de la petite.

Cela fait, son œil s'abaissa sur la chemise déchirée avec satisfaction.

— Et la chemise aussi, dit-il. Tout cela a bon air.

Une bise glacée sifflait à la vitre et entrait dans la chambre. La brume du dehors y pénétrait et s'y dilatait comme une ouate blanchâtre vaguement démêlée par des doigts invisibles. A travers le carreau cassé, on voyait tomber la neige. Le froid promis la veille par le soleil de la Chandeleur était en effet venu.

Le père promena un coup d'œil autour de lui comme pour s'assurer qu'il n'avait rien oublié. Il prit une vieille pelle et répandit de la cendre sur les tisons mouillés de façon à les cacher complétement.

Puis se relevant et s'adossant à la cheminée :

— Maintenant, dit-il, nous pouvons recevoir le philanthrope.

VIII

LE RAYON DANS LE BOUGE

La grande fille s'approcha et posa sa main sur celle de son père.

— Tâte comme j'ai froid, dit-elle.

— Bah ! répondit le père, j'ai bien plus froid que cela.

La mère cria impétueusement :

— Tu as toujours tout mieux que les autres, toi ! même le mal.

— A bas! dit l'homme.

La mère, regardée d'une certaine façon, se tut.

Il y eut dans le bouge un moment de silence. La fille aînée décrottait d'un air insouciant le bas de sa mante, la jeune sœur continuait de sangloter; la mère lui avait pris la tête dans ses deux mains et la couvrait de baisers en lui disant tout bas :

— Mon trésor, je t'en prie, ce ne sera rien, ne pleure pas, tu vas fâcher ton père.

— Non! cria le père, au contraire! sanglote! sanglote! cela fait bien.

Puis revenant à l'aînée :

— Ah çà, mais! il n'arrive pas! s'il allait ne pas venir! j'aurais éteint mon feu, défoncé ma chaise, déchiré ma chemise et cassé mon carreau pour rien.

— Et blessé la petite! murmura la mère.

— Savez-vous, reprit le père, qu'il fait un froid de chien dans ce galetas du diable? Si cet homme ne venait pas! Oh! voilà! il se fait attendre! il se dit : Eh bien! ils m'attendront! ils sont là pour cela! — Oh! que je les hais, et comme je les

étranglerais avec jubilation, joie, enthousiasme et
satisfaction, ces riches! tous ces riches! ces pré-
tendus hommes charitables, qui font les confits, qui
vont à la messe, qui donnent dans la prêtraille,
prêchi, prêcha, dans les calottes, et qui se croient
au-dessus de nous, et qui viennent nous humilier,
et nous apporter des vêtements! comme ils disent!
des nippes qui ne valent pas quatre sous, et du
pain! ce n'est pas cela que je veux, tas de canailles!
c'est de l'argent! Ah! de l'argent! jamais! parce
qu'ils disent que nous l'irions boire, et que nous
sommes des ivrognes et des fainéants! et eux!
qu'est-ce qu'ils sont donc, et qu'est-ce qu'ils ont
été dans leur temps? des voleurs! ils ne se seraient
pas enrichis sans cela! Oh! l'on devrait prendre
la société par les quatre coins de la nappe et tout
jeter en l'air! tout se casserait, c'est possible, mais
au moins personne n'aurait rien, ce serait cela de
gagné! — Mais qu'est-ce qu'il fait donc, ton mufle
de monsieur bienfaisant? viendra-t-il? l'animal a
peut-être oublié l'adresse! gageons que cette vieille
bête...

En ce moment on frappa un léger coup à la
porte. l'homme s'y précipita et l'ouvrit en s'écriant

avec des salutations profondes et des sourires
d'adoration :

— Entrez, monsieur! daignez entrer, mon respectable bienfaiteur, ainsi que votre charmante
demoiselle.

Un homme d'un âge mûr et une jeune fille pa-
rurent sur le seuil du galetas.

Marius n'avait pas quitté sa place. Ce qu'il
éprouva en ce moment échappe à la langue humaine.

C'était Elle.

Quiconque a aimé sait tous les sens rayonnants
que contiennent les quatre lettres de ce mot : Elle.

C'était bien elle. C'est à peine si Marius la distinguait à travers la vapeur lumineuse qui s'était
subitement répandue sur ses yeux. C'était ce doux
être absent, cet astre qui lui avait lui pendant six
mois, c'était cette prunelle, ce front, cette bouche,
ce beau visage évanoui qui avait fait la nuit en s'en
allant. La vision s'était éclipsée, elle reparaissait!

Elle reparaissait dans cette ombre, dans ce galetas, dans ce bouge difforme, dans cette horreur!

Marius frémissait éperdument. Quoi! c'était
elle! les palpitations de son cœur lui troublaient la

vue. Il se sentait prêt à fondre en larmes. Quoi! il la revoyait enfin après l'avoir cherchée si longtemps! il lui semblait qu'il avait perdu son âme et qu'il venait de la retrouver.

Elle était toujours la même, un peu pâle seulement; sa délicate figure s'encadrait dans un chapeau de velours violet, sa taille se dérobait sous une pelisse de satin noir. On entrevoyait sous sa longue robe son petit pied serré dans un brodequin de soie.

Elle était toujours accompagnée de M. Leblanc.

Elle avait fait quelques pas dans la chambre et avait déposé un assez gros paquet sur la table.

La Jondrette aînée s'était retirée derrière la porte et regardait d'un œil sombre ce chapeau de velours. cette mante de soie et ce charmant visage heureux.

IX

JONDRETTE PLEURE PRESQUE

.

Le taudis était tellement obscur que les gens qui venaient du dehors éprouvaient en y pénétrant un effet d'entrée de cave. Les deux nouveaux venus avancèrent donc avec une certaine hésitation, distinguant à peine des formes vagues autour d'eux, tandis qu'ils étaient parfaitement vus et examinés par les yeux des habitants du galetas, accoutumés à ce crépuscule.

M. Leblanc s'approcha avec son regard bon et triste, et dit au père Jondrette :

— Monsieur, vous trouverez dans ce paquet des hardes neuves, des bas et des couvertures de laine.

— Notre angélique bienfaiteur nous comble, dit Jondrette en s'inclinant jusqu'à terre. — Puis, se penchant à l'oreille de sa fille aînée, pendant que les deux visiteurs examinaient cet intérieur lamentable, il ajouta bas et rapidement :

— Hein? qu'est-ce que je disais? des nippes! pas d'argent. Ils sont tous les mêmes! A propos, comment la lettre à cette vieille ganache était-elle signée?

— Fabantou, répondit la fille.

— L'artiste dramatique, bon!

Bien en prit à Jondrette, car en ce moment-là même M. Leblanc se retournait vers lui, et lui disait de cet air de quelqu'un qui cherche le nom :

— Je vois que vous êtes bien à plaindre, monsieur...

— Fabantou, répondit vivement Jondrette.

— Monsieur Fabantou, oui, c'est cela. Je me rappelle.

— Artiste dramatique, monsieur, et qui a eu des succès.

Ici Jondrette crut évidemment le moment venu de s'emparer du « philanthrope. » Il s'écria avec un son de voix qui tenait tout à la fois de la gloriole du bateleur dans les foires et de l'humilité du mendiant sur les grandes routes : — Élève de Talma ! monsieur ! Je suis élève de Talma ! La fortune m'a souri jadis. Hélas ! maintenant c'est le tour du malheur. Voyez, mon bienfaiteur, pas de pain, pas de feu. Mes pauvres mômes n'ont pas de feu ! Mon unique chaise dépaillée ! Un carreau cassé ! par le temps qu'il fait ! Mon épouse au lit ! malade !

— Pauvre femme ! dit M. Leblanc.

— Mon-enfant blessé ! ajouta Jondrette.

L'enfant, distraite par l'arrivée des étrangers, s'était mise à contempler « la demoiselle, » et avait cessé de sangloter.

— Pleure donc ! braille donc ! lui dit Jondrette bas.

En même temps il lui pinça sa main malade. Tout cela avec un talent d'escamoteur.

La petite jeta les hauts cris.

L'adorable jeune fille que Marius nommait dans

son cœur « son Ursule » s'approcha vivement :

— Pauvre chère enfant ! dit-elle.

— Voyez, ma belle demoiselle, poursuivit Jondrette, son poignet ensanglanté ! C'est un accident qui est arrivé en travaillant sous une mécanique pour gagner six sous par jour. On sera peut-être obligé de lui couper le bras !

— Vraiment ? dit le vieux monsieur alarmé.

La petite fille, prenant cette parole au sérieux, se remit à sangloter de plus belle.

— Hélas, oui, mon bienfaiteur ! répondit le père.

Depuis quelques instants, Jondrette considérait « le philanthrope » d'une manière bizarre. Tout en parlant, il semblait le scruter avec attention comme s'il cherchait à recueillir des souvenirs. Tout à coup, profitant d'un moment où les nouveaux venus questionnaient avec intérêt la petite sur sa main blessée, il passa près de sa femme qui était dans son lit avec un air accablé et stupide, et lui dit vivement et très-bas :

— Regarde donc cet homme-là !

Puis se retournant vers M. Leblanc, et continuant sa lamentation :

— Voyez, monsieur ! je n'ai, moi, pour tout
vêtement qu'une chemise de ma femme ! et toute
déchirée ! au cœur de l'hiver. Je ne puis sortir
faute d'un habit. Si j'avais le moindre habit, j'irais
voir mademoiselle Mars qui me connaît et qui
m'aime beaucoup. Ne demeure-t-elle pas toujours
rue de la Tour-des-Dames? Savez-vous. monsieur? nous avons joué ensemble en province. J'ai
partagé ses lauriers. Célimène viendrait à mon
secours, monsieur ! Elmire ferait l'aumône à Béli-
saire ! Mais non, rien ! Et pas un sou dans la maison! Ma femme malade, pas un sou! Ma fille dan-
gereusement blessée, pas un sou! Mon épouse a
des étouffements. C'est son âge, et puis le système
nerveux s'en est mêlé. Il lui faudrait des secours,
et à ma fille aussi! Mais le médecin! mais le phar-
macien! comment payer? pas un liard! Je m'age-
nouillerais devant un décime, monsieur ! Voilà où
les arts en sont réduits! Et savez-vous, ma charmante demoiselle, et vous, mon généreux protecteur, savez-vous, vous qui respirez la vertu et la
bonté, et qui parfumez cette église où ma pauvre
fille en venant faire sa prière vous aperçoit tous les
jours? Car j'élève mes filles dans la religion, mon-

sieur. Je n'ai pas voulu qu'elles prissent le théâtre.
Ah! les drôlesses! que je les voie broncher! Je ne
badine pas, moi! Je leur flanque des bouzins sur
l'honneur, sur la morale, sur la vertu! Demandez-
leur! Il faut que ça marche droit. Elles ont un
père. Ce ne sont pas de ces malheureuses qui com-
mencent par n'avoir pas de famille et qui finissent
par épouser le public. On est mamselle Personne,
on devient madame Tout-le-monde. Crebleur! pas
de ça dans la famille Fabantou! J'entends les édu-
quer vertueusement, et que ça soit honnête, et que
ça soit gentil, et que ça croie en Dieu, sacré nom!
Eh bien, monsieur, mon digne monsieur, savez-
vous ce qui va se passer demain? Demain, c'est le
4 février, le jour fatal, le dernier délai que m'a
donné mon propriétaire; si ce soir je ne l'ai pas
payé, demain ma fille aînée, moi, mon épouse avec
sa fièvre, mon enfant avec sa blessure, nous serons
tous quatre chassés d'ici, et jetés dehors, dans la
rue, sur le boulevard, sans abri, sous la pluie, sur
la neige. Voilà, monsieur. Je dois quatre termes,
une année! c'est-à-dire soixante francs.

Jondrette mentait. Quatre termes n'eussent fait
que quarante francs, et il n'en pouvait devoir

quatre, puisqu'il n'y avait pas six mois que Marius
en avait payé deux.

M. Leblanc tira cinq francs de sa poche et les
jeta sur la table.

Jondrette eut le temps de grommeler à l'oreille
de sa grande fille :

— Gredin ! que veut-il que je fasse avec ses
cinq francs ? Cela ne me paye pas ma chaise et mon
carreau ! Faites donc des frais !

Cependant, M. Leblanc avait quitté une grande
redingote brune qu'il portait par dessus sa redingote bleue et l'avait jetée sur le dos de la chaise.

— Monsieur Fabantou, dit-il, je n'ai plus que
ces cinq francs sur moi, mais je vais reconduire
ma fille à la maison et je reviendrai ce soir, n'est-ce
pas ce soir que vous devez payer ?...

Le visage de Jondrette s'éclaira d'une expression
étrange. Il répondit vivement :

— Oui, mon respectable monsieur. A huit heures
je dois être chez mon propriétaire.

— Je serai ici à six heures, et je vous apporterai
les soixante francs.

— Mon bienfaiteur ! cria Jondrette éperdu.

Et il ajouta tout bas :

— Regarde-le bien, ma femme!

M. Leblanc avait repris le bras de la belle jeune fille et se tournait vers la porte :

— A ce soir, mes amis ! dit-il.

— Six heures? fit Jondrette.

— Six heures précises.

En ce moment le pardessus resté sur la chaise frappa les yeux de la Jondrette aînée :

— Monsieur, dit-elle, vous oubliez votre redingote.

Jondrette dirigea vers sa fille un regard foudroyant accompagné d'un haussement d'épaules formidable.

M. Leblanc se retourna et répondit avec un sourire.

— Je ne l'oublie pas, je la laisse.

— O mon protecteur, dit Jondrette, mon auguste bienfaiteur, je fonds en larmes ! Souffrez que je vous reconduise jusqu'à votre fiacre.

— Si vous sortez, repartit M. Leblanc, mettez ce pardessus. Il fait vraiment très-froid.

Jondrette ne se le fit pas dire deux fois. Il endossa vivement la redingote brune.

Et ils sortirent tous les trois. Jondrette précédant les deux étrangers.

X

TARIF DES CABRIOLETS DE RÉGIE : DEUX FRANCS L'HEURE

Marius n'avait rien perdu de toute cette scène, et pourtant en réalité il n'en avait rien vu. Ses yeux étaient restés fixés sur la jeune fille, son cœur l'avait pour ainsi dire saisie et enveloppée tout entière dès son premier pas dans le galetas. Pendant tout le temps qu'elle avait été là, il avait vécu de cette vie de l'extase qui suspend les perceptions matérielles et précipite toute l'âme sur un seul point. Il contemplait, non pas cette fille, mais cette lumière qui avait une pelisse de satin et un chapeau de velours. L'étoile Sirius fût entrée dans la chambre qu'il n'eût pas été plus ébloui.

Tandis que la jeune fille ouvrait le paquet, dépliait les hardes et les couvertures, questionnait la mère malade avec bonté et la petite blessée avec attendrissement, il épiait tous ses mouvements, il tâchait d'écouter ses paroles. Il connaissait ses yeux, son front, sa beauté, sa taille, sa démarche, il ne connaissait pas le son de sa voix. Il avait cru en saisir quelques mots une fois au Luxembourg, mais il n'en était pas absolument sûr. Il eût donné dix ans de sa vie pour l'entendre, pour pouvoir emporter dans son âme un peu de cette musique. Mais tout se perdait dans les étalages lamentables et les éclats de trompette de Jondrette. Cela mêlait une vraie colère au ravissement de Marius. Il la couvait des yeux. Il ne pouvait s'imaginer que ce fût vraiment cette créature divine qu'il apercevait au milieu de ces êtres immondes dans ce taudis monstrueux. Il lui semblait voir un colibri parmi des crapauds.

Quand elle sortit, il n'eut qu'une pensée, la suivre, s'attacher à sa trace, ne la quitter que sachant où elle demeurait, ne pas la reperdre au moins après l'avoir si miraculeusement retrouvée! Il sauta à bas de la commode et prit son chapeau. Comme il mettait la main au pêne de la serrure, et allait sortir, une réflexion l'arrêta. Le corridor était long, l'escalier roide, le Jondrette bavard, M. Leblanc n'était sans doute pas encore remonté en voiture, si, en se retournant dans le corridor, ou dans l'escalier, ou sur le seuil, il l'apercevait lui, Marius, dans cette maison, évidemment il s'alarmerait et trouverait moyen de lui échapper de nouveau, et ce serait encore une fois fini. Que faire? attendre un peu? mais pendant cette attente, la voiture pouvait partir. Marius était perplexe. Enfin il se risqua, et sortit de sa chambre.

Il n'y avait plus personne dans le corridor. Il courut à l'escalier. Il n'y avait personne dans l'escalier. Il descendit en hâte, et il arriva sur le boulevard à temps pour voir un fiacre tourner le coin de la rue du Petit–Banquier et rentrer dans Paris.

Marius se précipita dans cette direction. Parvenu

à l'angle du boulevard, il revit le fiacre qui descendait rapidement la rue Mouffetard; le fiacre était déjà très-loin, aucun moyen de le rejoindre; quoi? courir après? impossible; et d'ailleurs de la voiture on remarquerait certainement un individu courant à toutes jambes à la poursuite du fiacre, et le père le reconnaîtrait. En ce moment, hasard inouï et merveilleux, Marius aperçut un cabriolet de régie qui passait à vide sur le boulevard. Il n'y avait qu'un parti à prendre, monter dans ce cabriolet, et suivre le fiacre. Cela était sûr, efficace et sans danger.

Marius fit signe au cocher d'arrêter et lui cria :

— A l'heure!

Marius était sans cravate, il avait son vieil habit de travail auquel des boutons manquaient, sa chemise était déchirée à l'un des plis de la poitrine.

Le cocher s'arrêta, cligna de l'œil, et étendit vers Marius sa main gauche en frottant doucement son index avec son pouce.

— Quoi? dit Marius.

— Payez d'avance, dit le cocher.

Marius se souvint qu'il n'avait sur lui que seize sous.

— Combien ? demanda-t-il.

— Quarante sous.

— Je payerai en revenant.

Le cocher, pour toute réponse, siffla l'air de La Palisse et fouetta son cheval.

Marius regarda le cabriolet s'éloigner d'un air égaré. Pour vingt-quatre sous qui lui manquaient, il perdait sa joie, son bonheur, son amour! il retombait dans la nuit! il avait vu et il redevenait aveugle. Il songea amèrement et, il faut bien le dire, avec un regret profond, aux cinq francs qu'il avait donnés le matin même à cette misérable fille. S'il avait eu ces cinq francs, il était sauvé, il renaissait, il sortait des limbes et des ténèbres, il sortait de l'isolement, du spleen, du· veuvage ; il renouait le fil noir de sa destinée à ce beau fil d'or qui venait de flotter devant ses yeux et de se casser encore une fois! Il rentra dans la masure désespéré.

Il aurait pu se dire que M. Leblanc avait promis de revenir le soir, et qu'il n'y aurait qu'à s'y mieux prendre cette fois pour le suivre ; mais dans sa contemplation, c'est à peine s'il avait entendu.

Au moment de monter l'escalier, il aperçut de l'autre côté du boulevard, le long du mur désert de la rue de la Barrière des Gobelins, Jondrette enveloppé du pardessus du « philanthrope, » qui parlait à un de ces hommes de mine inquiétante qu'on est convenu d'appeler *rôdeurs de barrières;* gens à figures équivoques, à monologues suspects, qui ont un air de mauvaise pensée, et qui dorment assez habituellement le jour, ce qui fait supposer qu'ils travaillent la nuit.

Ces deux hommes, causant immobiles sous la neige qui tombait par tourbillons, faisaient un groupe qu'un sergent de ville eût à coup sûr observé, mais que Marius remarqua à peine.

Cependant, quelle que fût sa préoccupation douloureuse, il ne put s'empêcher de se dire que ce rôdeur de barrières à qui Jondrette parlait ressemblait à un certain Panchaud, dit Printanier, dit Bigrenaille, que Courfeyrac lui avait montré une fois et qui passait dans le quartier pour un promeneur nocturne assez dangereux. On a vu, dans le livre précédent, le nom de cet homme. Ce Panchaud, dit Printanier, dit Bigrenaille, a figuré plus tard dans plusieurs procès criminels et est devenu depuis un coquin célèbre. Il n'était encore alors qu'un fameux coquin. Aujourd'hui il est à l'état de tradition parmi les bandits et les escarpes. Il faisait école vers la fin du dernier règne. Et le soir, à la nuit tombante, à l'heure où les groupes se forment et se parlent bas, on en causait à la Force dans la Fosse-aux-Lions. On pouvait même, dans cette prison, précisément à l'endroit où passait sous le chemin de ronde ce canal des latrines qui servit à la fuite inouïe en plein jour de trente détenus en 1843, on pouvait, au-dessus de la dalle de ces latrines, lire son nom, PANCHAUD, audacieusement gravé par lui sur le mur de ronde dans une de ses tentatives d'évasion. En 1832, la police le surveillait déjà, mais il n'avait pas encore sérieusement débuté.

XI

OFFRES DE SERVICE DE LA MISÈRE A LA DOULEUR

Marius monta l'escalier de la masure à pas lents ; à l'instant où il allait rentrer dans sa cellule, il aperçut derrière lui dans le corridor la Jondrette aînée qui le suivait. Cette fille lui fut odieuse à voir, c'était elle qui avait ses cinq francs, il était trop tard pour les lui redemander, le cabriolet n'était plus là, le fiacre était bien loin. D'ailleurs elle ne les lui rendrait pas. Quant à la questionner sur la demeure des gens qui étaient venus tout à l'heure, cela était inutile, il était évident qu'elle ne la savait point, puisque la lettre signée Fabantou était adressée *au monsieur bienfaisant de l'église Saint-Jacques-du-Haut-Pas.*

Marius entra dans sa chambre et poussa sa porte derrière lui.

Elle ne se ferma pas; il se retourna et vit une main qui retenait la porte entr'ouverte.

— Qu'est-ce que c'est? demanda-t-il, qui est là?

C'était la fille Jondrette.

— C'est vous? reprit Marius presque durement, toujours vous donc! Que me voulez-vous?

Elle semblait pensive et ne regardait pas. Elle n'avait plus son assurance du matin. Elle n'était pas entrée et se tenait dans l'ombre du corridor, où Marius l'apercevait par la porte entre-bâillée.

— Ah çà, répondrez-vous? fit Marius. Qu'est-ce que vous me voulez?

Elle leva sur lui son œil morne où une espèce de clarté semblait s'allumer vaguement, et lui dit:

— Monsieur Marius, vous avez l'air triste. Qu'est-ce que vous avez?

— Moi! dit Marius.

— Oui, vous.

— Je n'ai rien.

— Si!

— Non.

— Je vous dis que si!

— Laissez-moi tranquille!

Marius poussa de nouveau la porte, elle continua de la retenir.

— Tenez, dit-elle, vous avez tort. Quoique vous ne soyez pas riche, vous avez été bon ce matin. Soyez-le encore à présent. Vous m'avez donné de quoi manger, dites-moi maintenant ce que vous avez. Vous avez du chagrin, cela se voit. Je ne voudrais pas que vous eussiez du chagrin. Qu'est-ce qu'il faut faire pour cela? Puis-je servir à quelque chose? Employez-moi. Je ne vous demande pas vos secrets, vous n'aurez pas besoin de me les dire, mais enfin je peux être utile. Je peux bien vous aider, puisque j'aide mon père. Quand il faut porter des lettres, aller dans les maisons, demander de porte en porte, trouver une adresse, suivre quelqu'un, moi je sers à ça. Eh bien, vous pouvez bien me dire ce que vous avez, j'irai parler aux personnes ; quelquefois quelqu'un qui parle aux personnes, ça suffit pour qu'on sache les choses, et tout s'arrange. Servez-vous de moi.

Une idée traversa l'esprit de Marius. Quelle branche dédaigne-t-on quand on se sent tomber ?

Il s'approcha de la Jondrette.

— Écoute,... lui dit-il.

Elle l'interrompit avec un éclair de joie dans les yeux.

— Oh oui, tutoyez-moi ! j'aime mieux cela.

— Eh bien, reprit-il, tu as amené ici ce vieux monsieur avec sa fille.

— Oui.

— Sais-tu leur adresse ?

— Non.

— Trouve-la-moi.

L'œil de la Jondrette, de morne, était devenu joyeux, de joyeux il devint sombre.

— C'est là ce que vous voulez ? demanda-t-elle.

— Oui.

— Est-ce que vous les connaissez ?

— Non.

— C'est-à-dire, reprit-elle vivement, vous ne la connaissez pas, mais vous voulez la connaître.

Ce *les* qui était devenu *la* avait je ne sais quoi de significatif et d'amer.

— Enfin, peux-tu? dit Marius.

— Vous aurez l'adresse de la belle demoiselle.

Il y avait encore dans ces mots « la belle de-« moiselle » une nuance qui importuna Marius. Il reprit :

— Enfin n'importe! l'adresse du père et de la fille. Leur adresse, quoi!

Elle le regarda fixement.

— Qu'est-ce que vous me donnerez?

— Tout ce que tu voudras!

— Tout ce que je voudrai?

— Oui.

— Vous aurez l'adresse.

Elle baissa la tête, puis d'un mouvement brus-que, elle tira la porte qui se referma.

Marius se retrouva seul.

Il se laissa tomber sur une chaise, la tête et les deux coudes sur son lit, abîmé dans des pensées qu'il ne pouvait saisir et comme en proie à un vertige. Tout ce qui s'était passé depuis le matin, l'apparition de l'ange, sa disparition, ce que cette créature venait de lui dire, une lueur d'espérance flottant dans un désespoir immense, voilà ce qui emplissait confusément son cerveau.

Tout à coup il fut violemment arraché à sa rêverie.

Il entendit la voix haute et dure de Jondrette prononcer ces paroles pleines du plus étrange intérêt pour lui :

— Je te dis que j'en suis sûr et que je l'ai reconnu !

De qui parlait Jondrette? il avait reconnu qui? M. Leblanc? le père de « son Ursule? » quoi! est-ce que Jondrette le connaissait? Marius allait-il avoir de cette façon brusque et inattendue tous les renseignements sans lesquels sa vie était obscure pour lui-même? allait-il savoir enfin qui il aimait, qui était cette jeune fille? qui était son père? l'ombre si épaisse qui les couvrait était-elle au moment de s'éclaircir? le voile allait-il se déchirer? Ah! ciel!

Il bondit, plutôt qu'il ne monta, sur la commode, et reprit sa place près de la petite lucarne de la cloison.

Il revoyait l'intérieur du bouge Jondrette.

XII

EMPLOI DE LA PIÈCE DE CINQ FRANCS
DE M. LEBLANC

Rien n'était changé dans l'aspect de la famille, sinon que la femme et les filles avaient puisé dans le paquet, et mis des bas et des camisoles de laine. Deux couvertures neuves étaient jetées sur les deux lits.

Le Jondrette venait évidemment de rentrer. Il avait encore l'essoufflement du dehors. Ses filles étaient près de la cheminée assises à terre, l'aînée pansant la main de la cadette. Sa femme était comme affaissée sur le grabat voisin de la cheminée avec un visage étonné. Jondrette marchait dans le galetas de long en large à grands pas. Il avait les yeux extraordinaires.

La femme, qui semblait timide et frappée de stupeur devant son mari, se hasarda à lui dire :

— Quoi, vraiment? tu es sûr?

— Sûr! Il y a huit ans! mais je le reconnais! Ah! je le reconnais! je l'ai reconnu tout de suite! Quoi! cela ne t'a pas sauté aux yeux?

— Non.

— Mais je t'ai dit pourtant : fais attention! mais c'est la taille, c'est le visage, à peine plus vieux, il y a des gens qui ne vieillissent pas, je ne sais pas comment ils font, c'est le son de voix. Il est mieux mis, voilà tout! Ah! vieux mystérieux du diable, je te tiens, va!

Il s'arrêta et dit à ses filles :

— Allez-vous-en, vous autres! — C'est drôle que cela ne t'ait pas sauté aux yeux.

Elles se levèrent pour obéir.

La mère balbutia :

— Avec sa main malade ?

— L'air lui fera du bien, dit Jondrette. Allez.

Il était visible que cet homme était de ceux auxquels on ne réplique pas. Les deux filles sortirent.

Au moment où elles allaient passer la porte, le père retint l'aînée par le bras et dit avec un accent particulier. :

— Vous serez ici à cinq heures précises. Toutes les deux. J'aurai besoin de vous.

Marius redoubla d'attention.

Demeuré seul avec sa femme, Jondrette se remit à marcher dans la chambre et en fit deux ou trois fois le tour en silence. Puis il passa quelques minutes à faire rentrer et à enfoncer dans la ceinture de son pantalon le bas de la chemise de femme qu'il portait.

Tout à coup il se tourna vers la Jondrette, croisa les bras, et s'écria :

— Et veux-tu que je te dise une chose? la demoiselle...

— Eh bien quoi? repartit la femme, la demoiselle?

Marius n'en pouvait douter, c'était bien d'elle

qu'on parlait. Il écoutait avec une anxiété ardente.
Toute sa vie était dans ses oreilles.

Mais le Jondrette s'était penché, et avait parlé bas
à sa femme. Puis il se releva et termina tout haut :

— C'est elle !

— Ça? dit la femme.

— Ça ! dit le mari.

Aucune expression ne saurait rendre ce qu'il y
avait dans le ça de la mère. C'était la surprise,
la rage, la haine, la colère, mêlées et combinées
dans une intonation monstrueuse. Il avait suffi de
quelques mots prononcés, du nom sans doute, que
son mari lui avait dit à l'oreille pour que cette
grosse femme assoupie se réveillât, et de repous-
sante devînt effroyable.

— Pas possible ! s'écria-t-elle, quand je pense
que mes filles vont nu-pieds et n'ont pas une robe
à mettre ! Comment ! une pelisse de satin, un chapeau de velours, des brodequins, et tout ! pour
plus de deux cents francs d'effets ! qu'on croirait
que c'est une dame ! non, tu te trompes ! mais
d'abord l'autre était affreuse, celle-ci n'est pas
mal ! elle n'est vraiment pas mal ! ce ne peut pas
être elle !

— Je te dis que c'est elle. Tu verras.

A cette affirmation si absolue, la Jondrette leva sa large face rouge et blonde et regarda le plafond avec une expression difforme. En ce moment elle parut à Marius plus redoutable encore que son mari. C'était une truie avec le regard d'une tigresse.

— Quoi! reprit-elle, cette horrible belle demoiselle qui regardait mes filles d'un air de pitié, ce serait cette gueuse! Oh! je voudrais lui crever le ventre à coups de sabot!

Elle sauta à bas du lit, et resta un moment debout, décoiffée, les narines gonflées, la bouche entr'ouverte, les poings crispés et rejetés en arrière. Puis elle se laissa retomber sur le grabat. L'homme allait et venait sans faire attention à sa femelle.

Après quelques instants de silence, il s'approcha de la Jondrette et s'arrêta devant elle, les bras croisés, comme le moment d'auparavant :

— Et veux-tu que je te dise une chose?

— Quoi? demanda-t-elle.

Il répondit d'une voix brève et basse :

— C'est que ma fortune est faite.

La Jondrette le considéra de ce regard qui veut

dire : Est-ce que celui qui me parle deviendrait
fou?

Lui continua :

— Tonnerre! voilà pas mal longtemps déjà que
je suis paroissien de la paroisse-meurs-de-faim-
si-tu-as-du-feu,-meurs-de-froid-si-tu-as-du-pain!
j'en ai assez eu de la misère! ma charge et la
charge des autres! je ne plaisante plus, je ne
trouve plus ça comique, assez de calembours, bon
Dieu! plus de farces, père éternel! je veux manger à ma faim, je veux boire à ma soif! bâfrer!
dormir! ne rien faire! je veux avoir mon tour, moi,
tiens! avant de crever! je veux être un peu millionnaire!

Il fit le tour du bouge et ajouta :

— Comme les autres.

— Qu'est-ce que tu veux dire? demanda la
femme.

Il secoua la tête, cligna de l'œil et haussa la voix
comme un physicien de carrefour qui va faire une
démonstration :

— Ce que je veux dire? écoute!

— Chut! grommela la Jondrette, pas si haut! si
ce sont des affaires qu'il ne faut pas qu'on entende.

— Bah! qui ça? le voisin? je l'ai vu sortir tout à l'heure. D'ailleurs est-ce qu'il entend, ce grand bêta? et puis je te dis que je l'ai vu sortir.

Cependant, par une sorte d'instinct, Jondrette baissa la voix, pas assez pourtant pour que ses paroles échappassent à Marius. Une circonstance favorable, et qui avait permis à Marius de ne rien perdre de cette conversation, c'est que la neige tombée assourdissait le bruit des voitures sur le boulevard.

Voici ce que Marius entendit :

— Écoute bien. Il est pris, le crésus! c'est tout comme. C'est déjà fait. Tout est arrangé. J'ai vu des gens. Il viendra ce soir à six heures. Apporter ses soixante francs, canaille! as-tu vu comme je vous ai débagoulé ça, mes soixante francs, mon propriétaire, mon 4 février! ce n'est seulement pas un terme! était-ce bête! Il viendra donc à six heures! c'est l'heure où le voisin est allé dîner. La mère Burgon lave la vaisselle en ville. Il n'y a personne dans la maison. Le voisin ne rentre jamais avant onze heures. Les petites feront le guet. Tu nous aideras. Il s'exécutera.

— Et s'il ne s'exécute pas? demanda la femme.

Jondrette fit un geste sinistre et dit :

— Nous l'exécuterons.

Et il éclata de rire.

C'était la première fois que Marius le voyait rire. Ce rire était froid et doux, et faisait frissonner.

Jondrette ouvrit un placard près de la cheminée et en tira une vieille casquette qu'il mit sur sa tête après l'avoir brossée avec sa manche.

— Maintenant, fit-il, je sors. J'ai encore des gens à voir. Des bons. Tu verras comme ça va marcher. Je serai dehors le moins longtemps possible, c'est un beau coup à jouer, garde la maison.

Et, les deux poings dans les deux goussets de son pantalon, il resta un moment pensif, puis s'écria :

— Sais-tu qu'il est tout de même bien heureux qu'il ne m'ait pas reconnu, lui! S'il m'avait reconnu de son côté, il ne serait pas revenu. Il nous échappait! C'est ma barbe qui m'a sauvé! ma barbiche romantique! ma jolie petite barbiche romantique!

Et il se remit à rire.

Il alla à la fenêtre. La neige tombait toujours et rayait le gris du ciel.

— Quel chien de temps! dit-il.

Puis croisant la redingote :

— La pelure est trop large. — C'est égal, ajouta-t-il, il a diablement bien fait de me la laisser, le vieux coquin ! Sans cela je n'aurais pas pu sortir et tout aurait encore manqué ! A quoi les choses tiennent pourtant !

Et, enfonçant la casquette sur ses yeux, il sortit.

A peine avait-il eu le temps de faire quelques pas dehors que la porte se rouvrit et que son profil fauve et intelligent reparut par l'ouverture.

— J'oubliais, dit-il. Tu auras un réchaud de charbon.

Et il jeta dans le tablier de sa femme la pièce de cinq francs que lui avait laissée le « philanthrope. »

— Un réchaud de charbon? demanda la femme.

— Oui.

— Combien de boisseaux?

— Deux bons.

— Cela fera trente sous. Avec le reste, j'achèterai de quoi dîner.

— Diable, non.

— Pourquoi?

— Ne va pas dépenser la pièce-cent-sous.

— Pourquoi?

— Parce que j'aurai quelque chose à acheter de mon côté.

— Quoi?

— Quelque chose.

— Combien te faudra-il?

— Où y a-t-il un quincaillier par ici?

— Rue Mouffetard.

— Ah! oui, au coin d'une rue; je vois la boutique.

— Mais dis-moi donc combien il te faudra pour ce que tu as à acheter?

— Cinquante sous-trois francs.

— Il ne restera pas gras pour le dîner.

— Aujourd'hui il ne s'agit pas de manger. Il y a mieux à faire.

— Ça suffit, mon bijou.

Sur ce mot de sa femme, Jondrette referma la porte, et cette fois Marius entendit son pas s'éloigner dans le corridor de la masure et descendre rapidement l'escalier.

Une heure sonnait en cet instant à Saint-Médard.

XIII

SOLUS CUM SOLO, IN LOCO REMOTO, NON
COGITABUNTUR ORARE PATER NOSTER

Marius, tout songeur qu'il était, était, nous
l'avons dit, une nature ferme et énergique. Les
habitudes de recueillement solitaire, en dévelop-
pant en lui la sympathie et la compassion, avaient
diminué peut-être la faculté de s'irriter, mais
laissé intacte la faculté de s'indigner; il avait
la bienveillance d'un brahme et la sévérité d'un
juge; il avait pitié d'un crapaud, mais il écrasait

une vipère. Or, c'était dans un trou de vipères
que son regard venait de plonger; c'était un nid
de monstres qu'il avait sous les yeux.

—Il faut mettre le pied sur ces misérables, dit-il.

Aucune des énigmes qu'il espérait voir dissiper
ne s'était éclaircie; au contraire, toutes s'étaient
épaissies peut-être; il ne savait rien de plus sur
la belle enfant du Luxembourg et sur l'homme
qu'il appelait M. Leblanc, sinon que Jondrette les
connaissait. A travers les paroles ténébreuses qui
avaient été dites, il n'entrevoyait distinctement
qu'une chose, c'est qu'un guet-apens se préparait,
un guet-apens obscur, mais terrible; c'est qu'ils
couraient tous les deux un grand danger, elle probablement, son père à coup sûr; c'est qu'il fallait
les sauver; c'est qu'il fallait déjouer les combinai-
sons hideuses des Jondrette et rompre la toile de
ces araignées.

Il observa un moment la Jondrette. Elle avait
tiré d'un coin un vieux fourneau de tôle et elle
fouillait dans des ferrailles.

Il descendit de la commode le plus doucement
qu'il put et en ayant soin de ne faire aucun bruit.

Dans son effroi de ce qui s'apprêtait et dans

l'horreur dont les Jondrette l'avaient pénétré, il sentait une sorte de joie à l'idée qu'il lui serait peut-être donné de rendre un tel service à celle qu'il aimait.

Mais comment faire? avertir les personnes menacées? où les trouver? Il ne savait pas leur adresse. Elles avaient reparu un instant à ses yeux, puis elles s'étaient replongées dans les immenses profondeurs de Paris. Attendre M. Leblanc à la porte le soir à six heures, au moment où il arriverait, et le prévenir du piége? Mais Jondrette et ses gens le verraient guetter, le lieu était désert, ils seraient plus forts que lui, ils trouveraient moyen de le saisir ou de l'éloigner, et celui que Marius voulait sauver serait perdu. Une heure venait de sonner, le guet-apens devait s'accomplir à six heures. Marius avait cinq heures devant lui.

Il n'y avait qu'une chose à faire.

Il mit son habit passable, se noua un foulard au cou, prit son chapeau, et sortit, sans faire plus de bruit que s'il eût marché sur de la mousse avec des pieds nus.

D'ailleurs la Jondrette continuait de fourgonner dans ses ferrailles.

Une fois hors de la maison, il gagna la rue du Petit-Banquier.

Il était vers le milieu de cette rue près d'un mur très-bas qu'on peut enjamber à de certains endroits et qui donne dans un terrain vague, il marchait lentement, préoccupé qu'il était, la neige assourdissait ses pas ; tout à coup il entendit des voix qui parlaient tout près de lui. Il tourna la tête, la rue était déserte, il n'y avait personne, c'était en plein jour, et cependant il entendait distinctement des voix.

Il eut l'idée de regarder par-dessus le mur qu'il côtoyait.

Il y avait là en effet deux hommes adossés à la muraille, assis dans a neige et se parlant bas.

Ces deux figures lui étaient inconnues, l'un était un homme barbu en blouse et l'autre un homme chevelu en guenilles. Le barbu avait une calotte grecque, l'autre la tête nue et de la neige dans les cheveux.

En avançant la tête au-dessus d'eux, Marius pouvait entendre.

Le chevelu poussait l'autre du coude et disait :

— Avec Patron-Minette, ça ne peut pas manquer.

— Crois-tu? dit le barbu; et le chevelu repartit :

— Ce sera pour chacun un fafiot de cinq cents balles, et le pire qui puisse arriver : cinq ans, six ans, dix ans au plus !

L'autre répondit avec quelque hésitation et en grelottant sous son bonnet grec :

— Ça, c'est une chose réelle. On ne peut pas aller à l'encontre de ces choses-là.

— Je te dis que l'affaire ne peut pas manquer, reprit le chevelu. La maringotte du père Chose sera attelée.

Puis ils se mirent à parler d'un mélodrame qu'ils avaient vu la veille à la Gaîté.

Marius continua son chemin.

Il lui semblait que les paroles obscures de ces hommes, si étrangement cachés derrière ce mur et accroupis dans la neige, n'étaient pas peut-être sans quelque rapport avec les abominables projets de Jondrette. Ce devait être là *l'affaire*.

Il se dirigea vers le faubourg Saint-Marceau et demanda à la première boutique qu'il rencontra où il y avait un commissaire de police.

On lui indiqua la rue de Pontoise et le numéro 14.

Marius s'y rendit.

En passant devant un boulanger, il acheta un pain de deux sous et le mangea, prévoyant qu'il ne dînerait pas.

Chemin faisant, il rendit justice à la Providence. Il songea que, s'il n'avait pas donné ses cinq francs le matin à la fille Jondrette, il aurait suivi le fiacre de M. Leblanc, et par conséquent tout ignoré, que rien n'aurait fait obstacle au guet-apens des Jondrette, et que M. Leblanc était perdu, et sans doute sa fille avec lui.

XIV

OU UN AGENT DE POLICE DONNE DEUX COUPS DE POING A UN AVOCAT

Arrivé au numéro 14 de la rue de Pontoise, il monta au premier et demanda le commissaire de police.

— Monsieur le commissaire de police n'y est pas, dit un garçon de bureau quelconque; mais il y a un inspecteur qui le remplace. Voulez-vous lui parler? est-ce pressé?

— Oui, dit Marius.

Le garçon de bureau l'introduisit dans le cabinet du commissaire. Un homme de haute taille s'y tenait debout, derrière une grille, appuyé à un poêle, et relevant de ses deux mains les pans d'un vaste carrick à trois collets. C'était une figure carrée, une bouche mince et ferme, d'épais favoris grisonnants très-farouches, un regard à retourner vos poches. On eût pu dire de ce regard, non qu'il pénétrait, mais qu'il fouillait.

Cet homme n'avait pas l'air beaucoup moins féroce ni moins redoutable que Jondrette; le dogue quelquefois n'est pas moins inquiétant à rencontrer que le loup.

— Que voulez-vous? dit-il à Marius, sans ajouter monsieur.

— Monsieur le commissaire de police?

— Il est absent. Je le remplace.

— C'est pour une affaire très-secrète.

— Alors parlez.

— Et très-pressée.

— Alors parlez vite.

Cet homme, calme et brusque, était tout à la fois effrayant et rassurant. Il inspirait la crainte et la confiance. Marius lui conta l'aventure. — Qu'une

personne qu'il ne connaissait que de vue devait
être attirée le soir même dans un guet-apens ; —
qu'habitant la chambre voisine du repaire il avait,
lui Marius Pontmercy, avocat, entendu tout le
complot à travers la cloison ; — que le scélérat qui
avait imaginé le piége était un nommé Jondrette ;
— qu'il aurait des complices, probablement des
rôdeurs de barrières, entre autres un certain Panchaud, dit Printanier, dit Bigrenaille ; — que les
filles de Jondrette feraient le guet ; — qu'il n'existait aucun moyen de prévenir l'homme menacé,
attendu qu'on ne savait même pas son nom ; — et
qu'enfin tout cela devait s'exécuter à six heures du
soir au point le plus désert du boulevard de l'Hôpital, dans la maison du numéro 50-52.

A ce numéro, l'inspecteur leva la tête, et dit froi-
dement :

— C'est donc dans la chambre du fond du corridor ?

— Précisément, fit Marius, et il ajouta : —
Est-ce que vous connaissez cette maison ?

L'inspecteur resta un moment silencieux, puis
répondit en chauffant le talon de sa botte à la bouche
du poêle :

— Apparemment.

Il continua dans ses dents, parlant moins à Marius qu'à sa cravate :

— Il doit y avoir un peu de Patron-Minette là dedans.

Ce mot frappa Marius.

— Patron-Minette, dit-il. J'ai en effet entendu prononcer ce mot-là.

Et il raconta à l'inspecteur le dialogue de l'homme chevelu et de l'homme barbu dans la neige derrière le mur de la rue du Petit-Banquier.

L'inspecteur grommela :

— Le chevelu doit être Brujon, et le barbu doit être Demi-Liard, dit Deux-Milliards.

Il avait de nouveau baissé les paupières et il méditait.

— Quant au père Chose, je l'entrevois. Voilà que j'ai brûlé mon carrick. Ils font toujours trop de feu dans ces maudits poêles. Le numéro 50-52. Ancienne propriété Gorbeau.

Puis il regarda Marius :

— Vous n'avez vu que ce barbu et ce chevelu ?

— Et Panchaud.

. — Vous n'avez pas vu rôdailler par là une espèce de petit muscadin du diable ?

— Non.

— Ni un grand gros massif matériel qui ressemble à l'éléphant du Jardin des Plantes ?

— Non.

— Ni un malin qui a l'air d'une ancienne queue
rouge ?

— Non.

— Quant au quatrième, personne ne le voit,
pas même ses adjudants, commis et employés.
Il est peu surprenant que vous ne l'ayez pas
aperçu.

— Non. Qu'est-ce que c'est, demanda Marius,
que tous ces êtres-là ?

L'inspecteur répondit :

— D'ailleurs ce n'est pas leur heure.

Il retomba dans son silence, puis reprit :

— 50-52. Je connais la baraque. — Impossible
de nous cacher dans l'intérieur sans que les artistes s'en aperçoivent, alors ils en seraient quit-
tes pour décommander le vaudeville. Ils sont si
modestes ! le public les gêne. Pas de ça, pas de
ça. Je veux les entendre chanter et les faire danser.

Ce monologue terminé, il se tourna vers Marius et lui demanda en le regardant fixement :

— Aurez-vous peur?

— De quoi? dit Marius.

— De ces hommes?

— Pas plus que de vous! répliqua rudement Marius qui commençait à remarquer que ce mouchard ne lui avait pas encore dit monsieur.

L'inspecteur regarda Marius plus fixement encore et reprit avec une sorte de solennité sentencieuse :

— Vous parlez là comme un homme brave et comme un homme honnête. Le courage ne craint pas le crime et l'honnêteté ne craint pas l'autorité.

Marius l'interrompit :

— C'est bon; mais que comptez-vous faire?

L'inspecteur se borna à lui répondre :

— Les locataires de cette maison-là ont des passe-partout pour rentrer la nuit chez eux. Vous devez en avoir un?

— Oui, dit Marius.

— L'avez-vous sur vous?

— Oui.

— Donnez-le-moi, dit l'inspecteur.

Marius prit sa clef dans son gilet, la remit à l'inspecteur, et ajouta :

— Si vous m'en croyez, vous viendrez en force.

L'inspecteur jeta sur Marius le coup d'œil de Voltaire à un académicien de province qui lui eût proposé une rime ; il plongea d'un seul mouvement ses deux mains, qui étaient énormes, dans les deux immenses poches de son carrick et en tira deux petits pistolets d'acier, de ces pistolets qu'on appelle coups-de-poing. Il les présenta à Marius en disant vivement et d'un ton bref :

— Prenez ceci. Rentrez chez vous. Cachez-vous dans votre chambre, qu'on vous croie sorti. Ils sont chargés. Chacun de deux balles. Vous observerez, il y a un trou au mur, comme vous me l'avez dit. Les gens viendront. Laissez-les aller un peu. Quand vous jugerez la chose à point, et qu'il sera temps de l'arrêter, vous tirerez un coup de pistolet. Pas trop tôt. Le reste me regarde. Un coup de pistolet en l'air, au plafond, n'importe où. Surtout pas trop tôt. Attendez qu'il y ait commencement d'exécution ; vous êtes avocat, vous savez ce que c'est.

Marius prit les pistolets et les mit dans la poche de côté de son habit.

— Cela fait une bosse comme cela, cela se voit, dit l'inspecteur. Mettez-les plutôt dans vos goussets.

Marius cacha les pistolets dans ses goussets.

— Maintenant, poursuivit l'inspecteur, il n'y a plus une minute à perdre pour personne. Quelle heure est-il? Deux heures et demie. C'est pour sept heures?

— Six heures, dit Marius.

— J'ai le temps, reprit l'inspecteur, mais je n'ai que le temps. N'oubliez rien de ce que je vous ai dit. Pan. Un coup de pistolet.

— Soyez tranquille, répondit Marius.

Et comme Marius mettait la main au loquet de la porte pour sortir, l'inspecteur lui cria :

— A propos, si vous aviez besoin de moi d'ici là, venez ou envoyez ici. Vous feriez demander l'inspecteur Javert.

XV

JONDRETTE FAIT SON EMPLETTE

Quelques instants après, vers trois heures, Courfeyrac passait par aventure rue Moufftard en compagnie de Bossuet. La neige redoublait et emplissait l'espace. Bossuet était en train de dire à Courfeyrac :

— A voir tomber tous ces flocons de neige, on dirait qu'il y a au ciel une peste de papillons blancs. — Tout à coup, Bossuet aperçut Marius qui remontait la rue vers la barrière et avait un air particulier.

— Tiens! dit Bossuet, Marius.

— Je l'ai vu, dit Courfeyrac. Ne lui parlons pas.

— Pourquoi?

— Il est occupé.

— A quoi?

— Tu ne vois donc pas la mine qu'il a?

— Quelle mine?

— Il a l'air de quelqu'un qui suit quelqu'un.

— C'est vrai, dit Bossuet.

— Vois donc les yeux qu'il fait! reprit Courfeyrac.

— Mais qui diable suit-il?

— Quelque mimi-goton-bonnet-fleuri! il est amoureux.

— Mais, observa Bossuet, c'est que je ne vois pas de mimi, ni de goton, ni de bonnet fleuri dans la rue. Il n'y a pas une femme.

Courfeyrac regarda, et s'écria :

— Il suit un homme!

Un homme en effet, coiffé d'une casquette, et dont on distinguait la barbe grise quoiqu'on ne le

vît que de dos, marchait à une vingtaine de pas
en avant de Marius.

Cet homme était vêtu d'une redingote toute
neuve trop grande pour lui et d'un épouvantable
pantalon en loques tout noirci par la boue.

Bossuet éclata de rire.

— Qu'est-ce que c'est que cet homme-là?

— Ça? reprit Courfeyrac, c'est un poëte. Les
poëtes portent assez volontiers des pantalons de
marchands de peaux de lapin et des redingotes
de pairs de France.

— Voyons où va Marius, fit Bossuet, voyons où
va cet homme, suivons-les, hein?

— Bossuet! s'écria Courfeyrac, aigle de Meaux!
vous êtes une prodigieuse brute. Suivre un homme
qui suit un homme!

Ils rebroussèrent chemin.

Marius en effet avait vu passer Jondrette rue
Mouffetard, et l'épiait.

Jondrette allait devant lui sans se douter qu'il y
eût déjà un regard qui le tenait.

Il quitta la rue Mouffetard, et Marius le vit entrer dans une des plus affreuses bicoques de la
rue Gracieuse, il y resta un quart d'heure envi-

ron, puis revint rue Mouffetard. Il s'arrêta chez
un quincaillier qu'il y avait à cette époque au coin
de la rue Pierre-Lombard, et, quelques minutes
après, Marius le vit sortir de la boutique, tenant
à la main un grand ciseau à froid emmanché de
bois blanc qu'il cacha sous sa redingote. A la
hauteur de la rue du Petit-Gentilly, il tourna à
gauche et gagna rapidement la rue du Petit-Banquier. Le jour tombait, la neige qui avait cessé un
moment venait de recommencer, Marius s'em-
busqua au coin même de la rue du Petit-Banquier
qui était déserte comme toujours, et il n'y suivit
pas Jondrette. Bien lui en prit, car, parvenu près
du mur bas où Marius avait entendu parler l'homme
chevelu et l'homme barbu, Jondrette se retourna,
s'assura que personne ne le suivait et ne le voyait,
puis enjamba le mur et disparut.

Le terrain vague que ce mur bordait communi-
quait avec l'arrière-cour d'un ancien loueur de
voitures mal famé, qui avait fait faillite et qui avait
encore quelques vieux berlingots sous des hangars.

Marius pensa qu'il était sage de profiter de l'absence de Jondrette pour rentrer; d'ailleurs l'heure
avançait; tous les soirs mame Burgon, en partant

pour aller laver la vaisselle en ville, avait coutume
de fermer la porte de la maison qui était toujours
close à la brune; Marius avait donné sa clef à l'inspecteur de police; il était donc important qu'il se
hâtât.

Le soir était venu; la nuit était à peu près fermée; il n'y avait plus sur l'horizon et dans l'im-
mensité qu'un point éclairé par le soleil, c'était la
lune.

Elle se levait rouge derrière le dôme bas de la
Salpêtrière.

Marius regagna à grands pas le n° 50-52. La
porte était encore ouverte, quand il arriva. Il
monta l'escalier sur la pointe du pied et se glissa
le long du mur du corridor jusqu'à sa chambre.
Ce corridor, on s'en souvient, était bordé des deux
côtés de galetas en ce moment tous à louer et
vides. Mame Burgon en laissait habituellement les
portes ouvertes. En passant devant une de ces
portes, Marius crut apercevoir dans la cellule inha-
bitée quatre têtes d'hommes immobiles que blan-
chissait vaguement un reste de jour tombant par
une lucarne. Marius ne chercha pas à voir, ne vou-
lant pas être vu. Il parvint à rentrer dans sa

chambre sans être aperçu et sans bruit. Il était temps. Un moment après, il entendit mame Burgon qui s'en allait et la porte de la maison qui se fermait.

XVI

OU L'ON RETROUVERA LA CHANSON SUR UN AIR
ANGLAIS A LA MODE EN 1832

Marius s'assit sur son lit. Il pouvait être cinq
heures et demie. Une demi-heure seulement le
séparait de ce qui allait arriver. Il entendait battre
ses artères comme on entend le battement d'une
montre dans l'obscurité. Il songeait à cette double
marche qui se faisait en ce moment dans les ténèbres, le crime s'avançant d'un côté, la justice

venant de l'autre. Il n'avait pas peur, mais il ne
pouvait penser sans un certain tressaillement aux
choses qui allaient se passer. Comme à tous ceux
que vient assaillir soudainement une aventure sur-
prenante, cette journée entière lui faisait l'effet d'un
rêve, et, pour ne point se croire en proie à un
cauchemar, il avait besoin de sentir dans ses goussets le froid des deux pistolets d'acier.

Il ne neigeait plus; la lune, de plus en plus
claire, se dégageait des brumes, et sa lueur mêlée
au reflet blanc de la neige tombée donnait à la
chambre un aspect crépusculaire.

Il y avait de la lumière dans le taudis Jondrette.
Marius voyait le trou de la cloison briller d'une
clarté rouge qui lui paraissait sanglante.

Il était réel que cette clarté ne pouvait guère
être produite par une chandelle. Du reste, aucun
mouvement chez les Jondrette, personne n'y bougeait, personne n'y parlait, pas un souffle, le silence y était glacial et profond, et sans cette lumière on se fût cru à côté d'un sépulcre.

Marius ôta doucement ses bottes et les poussa
sous son lit.

Quelques minutes s'écoulèrent. Marius entendit

la porte d'en bas tourner sur ses gonds, un pas
lourd et rapide monta l'escalier et parcourut le corridor, le loquet du bouge se souleva avec bruit;
c'était Jondrette qui rentrait.

Tout de suite plusieurs voix s'élevèrent. Toute
la famille était dans le galetas. Seulement elle se
taisait en l'absence du maître comme les louve-
teaux en l'absence du loup.

— C'est moi, dit-il.

— Bonsoir, pèremuche, glapirent les filles.

— Eh bien! dit la mère.

— Tout va à la papa, répondit Jondrette, mais
j'ai un froid de chien aux pieds. Bon, c'est cela,
tu t'es habillée. Il faudra que tu puisses inspirer
de la confiance.

— Toute prête à sortir.

— Tu n'oublieras rien de ce que je t'ai dit! tu
feras bien tout?

— Sois tranquille.

— C'est que... dit Jondrette. Et il n'acheva pas
sa phrase.

Marius l'entendit poser quelque chose de lourd
sur la table, probablement le ciseau qu'il avait
acheté.

— Ah çà, reprit Jondrette, a-t-on mangé ici?

— Oui, dit la mère, j'ai eu trois grosses pommes de terre et du sel. J'ai profité du feu pour les faire cuire.

— Bon, repartit Jondrette, demain je vous mène dîner avec moi. Il y aura un canard et des accessoires. Vous dînerez comme des Charles-Dix, tout va bien!

Puis il ajouta en baissant la voix :

— La souricière est ouverte. Les chats sont là.

Il baissa encore la voix et dit :

— Mets ça dans le feu.

Marius entendit un cliquetis de charbon qu'on heurtait avec une pincette ou un outil en fer, et Jondrette continua :

— As-tu suifé les gonds de la porte pour qu'ils ne fassent pas de bruit?

— Oui, répondit la mère.

— Quelle heure est-il?

— Six heures bientôt. La demie vient de sonner à Saint-Médard.

— Diable! fit Jondrette, il faut que les petites aillent faire le guet. Venez, vous autres, écoutez ici.

Il y eut un chuchotement.

La vòix de Jondrette s'éleva encore :

— La Burgon est-elle partie?

— Oui, dit la mère.

— Es-tu sûre qu'il n'y a personne chez le voisin?

— Il n'est pas rentré de la journée, et tu sais bien que c'est l'heure de son dîner.

— Tu es sûre?

— Sûre.

— C'est égal, reprit Jondrette, il n'y a pas de mal à aller voir chez lui s'il y est. Ma fille, prends la chandelle et vas-y.

Marius se laissa tomber sur ses mains et ses genoux et rampa silencieusement sous son lit.

A peine y était-il blotti qu'il aperçut une lumière à travers les fentes de sa porte.

— P'pa, cria une voix, il est sorti.

Il reconnut la voix de la fille aînée.

— Es-tu entrée? demanda le père.

— Non, répondit la fille, mais puisque sa clef est à sa porte, il est sorti.

Le père cria :

— Entre tout de même.

La porte s'ouvrit, et Marius vit entrer la grande Jondrette, une chandelle à la main. Elle était comme le matin, seulement plus effrayante encore à cette clarté.

Elle marcha droit au lit, Marius eut un inexpri-. mable moment d'anxiété, mais il y avait près du lit un miroir cloué au mur, c'était là qu'elle allait. Elle se haussa sur la pointe des pieds et s'y regarda. On entendait un bruit de ferrailles remuées dans la pièce voisine.

Elle lissa ses cheveux avec la paume de sa main et fit des sourires au miroir tout en chantonnant de sa voix cassée sépulcrale :

> Nos amours ont duré toute une semaine,
> Mais que du bonheur les instants sont courts !
> S'adorer huit jours, c'etait bien la peine !
> Le temps des amours devrait durer toujours !
> Devrait durer toujours ! devrait durer toujours !

Cependant Marius tremblait. Il lui semblait impossible qu'elle n'entendît pas sa respiration.

Elle se dirigea vers la fenêtre et regarda dehors en parlant haut avec cet air à demi fou qu'elle avait.

— Comme Paris est laid quand il a mis une chemise blanche! dit-elle.

Elle revint au miroir et se fit de nouveau des mines, se contemplant successivement de face et de trois quarts.

— Eh bien! cria le père, qu'est-ce que tu fais donc?

— Je regarde sous le lit et sous les meubles, répondit-elle en continuant d'arranger ses cheveux. il n'y a personne.

— Cruche! hurla le père. Ici tout de suite! et ne perdons pas le temps.

— J'y vas! j'y vas! dit-elle. On n'a le temps de rien dans leur baraque!

Elle fredonna :

Vous me quittez pour aller à la gloire,
Mon triste cœur suivra partout vos pas

Elle jeta un dernier coup d'œil au miroir et sortit en refermant la porte sur elle.

Un moment après, Marius entendit le bruit des pieds nus des deux jeunes filles dans le corridor et la voix de Jondrette qui leur criait :

— Faites bien attention ! l'une du côté de la barrière, l'autre au coin de la rue du Petit-Banquier. Ne perdez pas de vue une minute la porte de la maison, et pour peu que vous voyiez quelque chose, tout de suite ici ! quatre à quatre ! Vous avez une clef pour rentrer.

La fille aînée grommela :

— Faire faction nu-pieds dans la neige !

— Demain, vous aurez des bottines de soie couleur scarabée ! dit le père.

Elles descendirent l'escalier, et, quelques secondes après, le choc de la porte d'en bas qui se refermait annonça qu'elles étaient dehors.

Il n'y avait plus dans la maison que Marius et les Jondrette, et probablement aussi les êtres mystérieux entrevus par Marius dans le crépuscule derrière la porte du galetas inhabité.

XVII

EMPLOI DE LA PIECE DE CINQ FRANCS DE MARIUS

Marius jugea que le moment était venu de reprendre sa place à son observatoire. En un clin d'œil, et avec la souplesse de son âge, il fut près du trou de la cloison.

Il regarda.

L'intérieur du logis Jondrette offrait un aspect singulier, et Marius s'expliqua la clarté étrange

qu'il y avait remarquée. Une chandelle y brûlait
dans un chandelier vert-de-grisé, mais ce n'était
pas elle qui éclairait réellement la chambre. Le
taudis tout entier était comme illuminé par la ré-
verbération d'un assez grand réchaud de tôle placé
dans la cheminée et rempli de charbon allumé. Le
réchaud que la Jondrette avait préparé le matin. Le
charbon était ardent et le réchaud était rouge, une
flamme bleue y dansait et aidait à distinguer la
forme du ciseau acheté par Jondrette rue Pierre-
Lombard, qui rougissait enfoncé dans la braise.
On voyait dans un coin près de la porte, et comme
disposés pour un usage prévu, deux tas qui paraissaient être l'un un tas de ferrailles, l'autre un
tas de cordes. Tout cela, pour quelqu'un qui n'eût
rien su de ce qui s'apprêtait, eût fait flotter l'esprit
entre une idée très-sinistre et une idée très-simple.
Le bouge ainsi éclairé ressemblait plutôt à une
forge qu'à une bouche de l'enfer, mais Jondrette, à
cette lueur, avait plutôt l'air d'un démon que d'un
forgeron.

La chaleur du brasier était telle que la chandelle
sur la table fondait du côté du réchaud et se con-
sumait en biseau. Une vieille lanterne sourde en

cuivre, digne de Diogène devenu Cartouche, était posée sur la cheminée.

Le réchaud, placé dans le foyer même, à côté des tisons à peu près éteints, envoyait sa vapeur dans le tuyau de la cheminée et ne répandait pas d'odeur.

La lune, entrant par les quatre carreaux de la fenêtre, jetait sa blancheur dans le galetas pourpre et flamboyant; et pour le poétique esprit de Marius, songeur même au moment de l'action, c'était comme une pensée du ciel mêlée aux rêves difformes de la terre.

Un souffle d'air, pénétrant par le carreau cassé, contribuait à dissiper l'odeur de charbon et à dissimuler le réchaud.

Le repaire Jondrette était, si l'on se rappelle ce que nous avons dit de la masure Gorbeau, admirablement choisi pour servir de théâtre à un fait violent et sombre et d'enveloppe à un crime. C'était la chambre la plus reculée de la maison la plus isolée du boulevard le plus désert de Paris. Si le guet-apens n'existait pas, on l'y eût inventé.

Toute l'épaisseur d'une maison et une foule de chambres inhabitées séparaient ce bouge du bou-

levard, et la seule fenêtre qu'il y eût donnait sur
des terrains vagues enclos de murailles et de palis-
sades.

Jondrette avait allumé sa pipe, s'était assis sur
la chaise dépaillée et fumait. Sa femme lui parlait
bas.

Si Marius eût été Courfeyrac, c'est-à-dire un de
ces hommes qui rient dans toutes les occasions de
la vie, il eût éclaté de rire quand son regard tomba
sur la Jondrette. Elle avait un chapeau noir avec
des plumes assez semblable aux chapeaux des hé-
rauts d'armes du sacre de Charles X, un immense
châle tartan sur son jupon de tricot, et les souliers
d'homme que sa fille avait dédaignés le matin.
C'était cette toilette qui avait arraché à Jondrette
l'exclamation : *Bon! tu t'es habillée! tu as bien fait.
Il faut que tu puisses inspirer de la confiance!*

Quant à Jondrette, il n'avait pas quitté le surtout neuf et trop large pour lui que M. Leblanc lui
avait donné, et son costume continuait d'offrir ce
contraste de la redingote et du pantalon qui con-
stituait aux yeux de Courfeyrac l'idéal du poëte.

Tout à coup Jondrette haussa la voix :

— A propos! j'y songe. Par le temps qu'il fait,

il va venir en fiacre. Allume la lanterne, prends-la,
et descends. Tu te tiendras derrière la porte en
bas. Au moment où tu entendras la voiture s'arrêter, tu ouvriras tout de suite, il montera, tu
l'éclaireras dans l'escalier et dans le corridor, et
pendant qu'il entrera ici, tu redescendras bien
vite, tu payeras le cocher et tu renverras le
fiacre.

— Et de l'argent? demanda la femme.

Jondrette fouilla dans son pantalon, et lui remit
cinq francs.

— Qu'est-ce que c'est que ça? s'écria-t-elle.

Jondrette répondit avec dignité :

— C'est le monarque que le voisin a donné ce
matin.

Et il ajouta :

— Sais-tu? il faudrait ici deux chaises.

— Pourquoi?

— Pour s'asseoir.

Marius sentit un frisson lui courir dans les reins
en entendant la Jondrette faire cette réponse paisible :

— Pardieu ! Je vais t'aller chercher celles du
voisin.

Et d'un mouvement rapide elle ouvrit la porte du bouge et sortit dans le corridor.

Marius n'avait pas matériellement le temps de descendre de la commode, d'aller jusqu'à son lit et de s'y cacher.

— Prends la chandelle, cria Jondrette.

— Non, dit-elle, cela m'embarrasserait, j'ai les deux chaises à porter. Il fait clair de lune.

Marius entendit la lourde main de la mère Jondrette chercher en tâtonnant sa clef dans l'obscurité. La porte s'ouvrit. Il resta cloué à sa place par le saisissement et la stupeur.

La Jondrette entra.

La lucarne mansardée laissait passer un rayon de lune entre deux grands pans d'ombre. Un de ces pans d'ombre couvrait entièrement le mur auquel était adossé Marius, de sorte qu'il y disparaissait.

La mère Jondrette leva les yeux, ne vit pas Marius, prit les deux chaises, les seules que Marius possédât, et s'en alla, en laissant la porte retomber bruyamment derrière elle.

Elle rentra dans le bouge :

— Voici les deux chaises.

— Et voilà la lanterne, dit le mari. Descends bien vite.

Elle obéit en hâte, et Jondrette resta seul.

Il disposa les deux chaises des deux côtés de la table, retourna le ciseau dans le brasier, mit devant la cheminée un vieux paravent, qui masquait le réchaud, puis alla au coin où était le tas de cordes et se baissa comme pour y examiner quelque chose. Marius reconnut alors que ce qu'il avait pris pour un tas informe était une échelle de corde très-bien faite avec des échelons de bois et deux crampons pour l'accrocher.

Cette échelle et quelques gros outils, véritables masses de fer, qui étaient mêlés au monceau de ferrailles entassé derrière la porte, n'étaient point le matin dans le bouge Jondrette et y avaient été évidemment apportés dans l'après-midi, pendant l'absence de Marius.

— Ce sont des outils de taillandier, pensa Marius.

Si Marius eût été un peu plus lettré en ce genre, il eût reconnu, dans ce qu'il prenait pour des engins de taillandier, de certains instruments pouvant forcer une serrure ou crocheter une porte et d'autres pouvant couper ou trancher, les deux familles d'outils sinistres que les voleurs appellent *les cadets* et *les fauchants*.

La cheminée et la table avec les deux chaises étaient précisément en face de Marius. Le réchaud étant caché, la chambre n'était plus éclairée que par la chandelle ; le moindre tesson sur la table ou sur la cheminée faisait une grande ombre. Un pot à l'eau éguculé masquait la moitié d'un mur. Il y avait dans cette chambre je ne sais quel calme hideux et menaçant. On y sentait l'attente de quelque chose d'épouvantable.

Jondrette avait laissé sa pipe s'éteindre, grave signe de préoccupation, et était venu se rasseoir. La chandelle faisait saillir les angles farouches et fins de son visage. Il avait des froncements de sourcils et de brusques épanouissements de la main droite comme s'il répondait aux derniers conseils d'un sombre monologue intérieur. Dans une de ces obscures répliques qu'il se faisait à lui-même, il amena vivement à lui le tiroir de la table, y prit un long couteau de cuisine qui y était caché et en essaya le tranchant sur son ongle. Cela fait, il remit le couteau dans le tiroir qu'il repoussa.

Marius de son côté saisit le pistolet qui était dans son gousset droit, l'en retira et l'arma.

Le pistolet en s'armant fit un petit bruit clair et sec.

Jondrette tressaillit et se souleva à demi sur sa chaise :

— Qui est là ? cria-t-il.

Marius suspendit son haleine, Jondrette écouta un instant, puis se mit à rire en disant :

— Suis-je bête ! C'est la cloison qui craque.

Marius garda le pistolet à sa main.

XVIII

LES DEUX CHAISES DE MARIUS SE FONT VIS-A-VIS

Tout à coup la vibration lointaine et mélancolique d'une cloche ébranla les vitres. Six heures sonnaient à Saint-Médard.

Jondrette marqua chaque coup d'un hochement de tête. Le sixième sonné, il moucha la chandelle avec ses doigts.

Puis il se mit à marcher dans la chambre,

écouta dans le corridor, marcha, écouta encore :

— Pourvu qu'il vienne ! grommela-t-il ; puis il revint à sa chaise.

Il se rasseyait à peine que la porte s'ouvrit.

La mère Jondrette l'avait ouverte et restait dans le corridor faisant une horrible grimace aimable qu'un des trous de la lanterne sourde éclairait d'en bas.

— Entrez, monsieur, dit-elle.

— Entrez, mon bienfaiteur, répéta Jondrette se levant précipitamment.

M. Leblanc parut.

Il avait un air de sérénité qui le faisait singulièrement vénérable.

Il posa sur la table quatre louis.

— Monsieur Fabantou, dit-il, voici pour votre loyer et vos premiers besoins. Nous verrons ensuite.

— Dieu vous le rende, mon généreux bienfaiteur ! dit Jondrette, et s'approchant rapidement de sa femme :

— Renvoie le fiacre !

Elle s'esquiva pendant que son mari prodiguait les saluts et offrait une chaise à M. Leblanc. Un instant après elle revint et lui dit bas à l'oreille :

— C'est fait.

La neige qui n'avait cessé de tomber depuis le matin était tellement épaisse qu'on n'avait point entendu le fiacre arriver, et qu'on ne l'entendit pas s'en aller.

Cependant M. Leblanc s'était assis.

Jondrette avait pris possession de l'autre chaise en face de M. Leblanc.

Maintenant, pour se faire une idée de la scène qui va suivre, que le lecteur se figure dans son esprit la nuit glacée, les solitudes de la Salpêtrière couvertes de neige, et blanches au clair de lune comme d'immenses linceuls, la clarté de veilleuse des réverbères rougissant çà et là ces boulevards tragiques et les longues rangées des ormes noirs, pas un passant peut-être à un quart de lieue à la ronde, la masure Gorbeau à son plus haut point de silence, d'horreur et de nuit, dans cette masure, au milieu de ces solitudes, au milieu de cette ombre, le vaste galetas Jondrette éclairé d'une chandelle, et dans ce bouge deux hommes assis à une table, M. Leblanc tranquille, Jondrette souriant et effroyable, la Jondrette, la mère louve, dans un coin et, derrière la cloison, Marius, invisible, debout, ne perdant pas une parole, ne perdant pas un mouvement, l'œil au guet, le pistolet au poing.

Marius du reste n'éprouvait qu'une émotion d'horreur, mais aucune crainte. Il étreignait la crosse du pistolet et se sentait rassuré. — J'arrêterai ce misérable quand je voudrai, pensait-il.

Il sentait la police quelque part par là en embuscade, attendant le signal convenu et toute prête à étendre le bras.

Il espérait du reste que de cette violente rencontre de Jondrette et de M. Leblanc quelque lumière jaillirait sur tout ce qu'il avait intérêt à connaître.

XIX

SE PRÉOCCUPER DES FONDS OBSCURS

A peine assis, M. Leblanc tourna les yeux vers les grabats qui étaient vides.

— Comment va la pauvre petite blessée? demanda-t-il.

— Mal, répondit Jondrette avec un sourire navré et reconnaissant, très-mal, mon digne monsieur. Sa sœur aînée l'a menée à la Bourbe se faire

panser. Vous allez les voir, elles vont rentrer tout
à l'heure.

— Madame Fabantou me paraît mieux por-
tante? reprit M. Leblanc en jetant les yeux sur le
bizarre accoutrement de la Jondrette, qui, debout
entre lui et la porte, comme si elle gardait déjà
l'issue, le considérait dans une posture de menace
et presque de combat.

— Elle est mourante, dit Jondrette. Mais que
voulez-vous, monsieur! elle a tant de courage,
cette femme-là! Ce n'est pas une femme, c'est un
bœuf.

La Jondrette, touchée du compliment, se récria
avec une minauderie de monstre flatté :

— Tu es toujours trop bon pour moi, monsieur
Jondrette!

— Jondrette, dit M. Leblanc, je croyais que
vous vous appeliez Fabantou?

— Fabantou dit Jondrette! reprit vivement le
mari. Sobriquet d'artiste!

Et, jetant à sa femme un haussement d'épaules
que M. Leblanc ne vit pas, il poursuivit avec une
inflexion de voix emphatique et caressante :

— Ah! c'est que nous avons toujours fait bon

ménage, cette pauvre chérie et moi! Qu'est-ce
qu'il nous resterait, si nous n'avions pas cela?
Nous sommes si malheureux, mon respectable
monsieur! On a des bras, pas de travail! On a du
cœur, pas d'ouvrage! Je ne sais pas comment
le gouvernement arrange cela, mais, ma parole
d'honneur, monsieur, je ne suis pas jacobin, monsieur, je ne suis pas bousingot, je ne lui veux pas
de mal, mais si j'étais les ministres, ma parole la
plus sacrée, cela irait autrement. Tenez, exemple,
j'ai voulu faire apprendre le métier du cartonnage
à mes filles. Vous me direz : Quoi! un métier?
Oui! un métier! un simple métier! un gagne-pain!
Quelle chute, mon bienfaiteur! Quelle dégradation
quand on a été ce que nous étions! Hélas! il ne
nous reste rien de notre temps de prospérité! Rien
qu'une seule chose, un tableau auquel je tiens,
mais dont je me déferai pourtant, car il faut vivre!
item, il faut vivre!

Pendant que Jondrette parlait, avec une sorte de
désordre apparent qui n'ôtait rien à l'expression
réfléchie et sagace de sa physionomie, Marius
leva les yeux et aperçut au fond de la chambre
quelqu'un qu'il n'avait pas encore vu. Un homme

venait d'entrer, si doucement qu'on n'avait pas entendu tourner les gonds de la porte. Cet homme avait un gilet de tricot violet, vieux, usé, taché, coupé et faisant des bouches ouvertes à tous ses plis, un large pantalon de velours de coton, des chaussons à sabots aux pieds, pas de chemise, le cou nu, les bras nus et tatoués, et le visage barbouillé de noir. Il s'était assis en silence et les bras croisés sur le lit le plus voisin, et comme il se tenait derrière la Jondrette, on ne le distinguait que confusément.

Cette espèce d'instinct magnétique qui avertit le regard fit que M. Leblanc se tourna presque en même temps que Marius. Il ne put se défendre d'un mouvement de surprise qui n'échappa point à Jondrette :

— Ah ! je vois ! s'écria Jondrette en se boutonnant d'un air de complaisance, vous regardez votre redingote ? Elle me va ! ma foi, elle me va !

— Qu'est-ce que c'est que cet homme ? dit M. Leblanc.

— Ça ? fit Jondrette, c'est un voisin. Ne faites pas attention.

Le voisin était d'un aspect singulier. Cependant

les fabriques de produits chimiques abondent dans
le faubourg Saint-Marceau. Beaucoup d'ouvriers
d'usines peuvent avoir le visage noir. Toute la
personne de M. Leblanc respirait d'ailleurs une
confiance candide et intrépide. Il reprit :

— Pardon, que me disiez-vous donc, monsieur
Fabantou?

— Je vous disais, monsieur et cher protecteur,
repartit Jondrette, en s'accoudant sur la table et en
contemplant M. Leblanc avec des yeux fixes et
tendres assez semblables aux yeux d'un serpent
boa, je vous disais que j'avais un tableau à
vendre.

Un léger bruit se fit à la porte. Un second
homme venait d'entrer et de s'asseoir sur le lit,
derrière la Jondrette. Il avait, comme le premier,
les bras nus et un masque d'encre ou de suie.

Quoique cet homme se fût, à la lettre, glissé
dans la chambre, il ne put faire que M. Leblanc
ne l'aperçût.

— Ne prenez pas garde, dit Jondrette. Ce sont
des gens de la maison. Je disais donc qu'il me
restait un tableau précieux... — Tenez, monsieur,
voyez.

Il se leva, alla à la muraille au bas de laquelle était posé le panneau dont nous avons parlé, et le retourna, tout en le laissant appuyé au mur. C'était quelque chose en effet qui ressemblait à un tableau et que la chandelle éclairait à peu près. Marius n'en pouvait rien distinguer, Jondrette étant placé entre le tableau et lui, seulement il entrevoyait un barbouillage grossier, et une espèce de personnage principal enluminé avec la crudité criarde des toiles foraines et des peintures de paravent.

— Qu'est-ce que c'est que cela? demanda M. Leblanc.

Jondrette s'exclama :

— Une peinture de maître, un tableau d'un grand prix, mon bienfaiteur! j'y tiens comme à mes deux filles, il me rappelle des souvenirs! mais je vous l'ai dit et je ne m'en dédis pas, je suis si malheureux que je m'en déferais.

Soit hasard, soit qu'il y eût quelque commencement d'inquiétude, tout en examinant le tableau, le regard de M. Leblanc revint vers le fond de la chambre. Il y avait maintenant quatre hommes, trois assis sur le lit, un debout près du chambranle de la porte, tous quatre bras nus, immobiles, le visage barbouillé de noir. Un de ceux qui étaient sur le lit s'appuyait au mur, les yeux fermés, et l'on eût dit qu'il dormait. Celui-là était vieux ; ses cheveux blancs sur son visage noir étaient horribles. Les deux autres semblaient jeunes ; l'un était barbu, l'autre chevelu. Aucun n'avait de souliers ; ceux qui. n'avaient pas de chaussons étaient pieds nus.

Jondrette remarqua que l'œil de M. Leblanc s'attachait à ces hommes.

— C'est des amis. Ça voisine, dit-il. C'est barbouillé parce que ça travaille dans le charbon. Ce sont des fumistes. Ne vous en occupez pas, mon bienfaiteur, mais achetez-moi mon tableau. Ayez pitié de ma misère. Je ne vous le vendrai pas cher. Combien l'estimez-vous ?

— Mais, dit M. Leblanc en regardant Jondrette entre les deux yeux et comme un homme qui se met sur ses gardes, c'est quelque enseigne de cabaret, cela vaut bien trois francs.

Jondrette répondit avec douceur :

— Avez-vous votre portefeuille là ? je me contenterais de mille écus.

M. Leblanc se leva debout, s'adossa à la mu-

raille et promena rapidement son regard dans la
chambre. Il avait Jondrette à sa gauche du côté de
la fenêtre et la Jondrette et les quatre hommes à sa
droite du côté de la porte. Les quatre hommes ne
bougeaient pas et n'avaient pas même l'air de le
voir ; Jondrette s'était remis à parler d'un accent
plaintif, avec la prunelle si vague et l'intonation
si lamentable que M. Leblanc pouvait croire, que
c'était tout simplement un homme devenu fou de
misère qu'il avait devant les yeux.

— Si vous ne m'achetez pas mon tableau, cher
bienfaiteur, disait Jondrette, je suis sans ressource.
je n'ai plus qu'à me jeter à même la rivière.
Quand je pense que j'ai voulu faire apprendre à
mes deux filles le cartonnage demi-fin, le cartonnage des boîtes d'étrennes. Eh bien ! il faut une
table avec une planche au fond pour que les verres
ne tombent pas par terre, il faut un fourneau fait
exprès, un pot à trois compartiments pour les différents degrés de force que doit avoir la colle selon
qu'on l'emploie pour le bois, pour le papier, ou
pour les étoffes, un tranchet pour couper le carton,
un moule pour l'ajuster, un marteau pour clouer
les aciers, des pinceaux, le diable, est-ce que je

sais, moi? et tout cela pour gagner quatre sous par
jour! et on travaille quatorze heures! et chaque
boîte passe treize fois dans les mains de l'ouvrière!
et mouiller le papier! et ne rien tacher! et tenir la
colle chaude! le diable! je vous dis! quatre sous
par jour! comment voulez-vous qu'on vive?

Tout en parlant, Jondrette ne regardait pas
M. Leblanc qui l'observait. L'œil de M. Leblanc
était fixé sur Jondrette et l'œil de Jondrette sur la
porte. L'attention haletante de Marius allait de
l'un à l'autre. M. Leblanc paraissait se demander :
Est-ce un idiot? Jondrette répéta deux ou trois fois
avec toutes sortes d'inflexions variées dans le genre
traînant et suppliant : Je n'ai plus qu'à me jeter
à la rivière! j'ai descendu l'autre jour trois mar-
ches pour cela du côté du pont d'Austerlitz!

Tout à coup sa prunelle éteinte s'illumina d'un
flamboiement hideux, ce petit homme se dressa et
devint effrayant, il fit un pas vers M. Leblanc et
lui cria d'une voix tonnante :

— Il ne s'agit pas de tout cela ! me reconnaissez-
vous ?

XX

LE GUET-APENS

La porte du galetas venait de s'ouvrir brusquement, et laissait voir trois hommes en blouses de
toile bleue, masqués de masques de papier noir. Le
premier était maigre et avait une longue trique
ferrée, le second, qui était une espèce de colosse,
portait, par le milieu du manche et la cognée en
bas, un merlin à assommer les bœufs. Le troisième,
homme aux épaules trapues, moins maigre que le

premier, moins massif que le second, tenait à plein
poing une énorme clef volée à quelque porte de
prison.

Il paraît que c'était l'arrivée de ces hommes que
Jondrette attendait. Un dialogue rapide s'engagea
entre lui et l'homme à la trique, le maigre.

— Tout est-il prêt? dit Jondrette.

— Oui, répondit l'homme maigre.

— Où donc est Montparnasse?

— Le jeune premier s'est arrêté pour causer
avec ta fille.

— Laquelle?

— L'aînée.

— Y a-t-il un fiacre en bas?

— Oui.

— La maringotte est attelée?

— Attelée.

— De deux bons chevaux?

— Excellents.

— Elle attend où j'ai dit qu'elle attendît?

— Oui.

— Bien, dit Jondrette.

M. Leblanc était très-pâle. Il considérait tout
dans le bouge autour de lui comme un homme qui

comprend où il est tombé, et sa tête, tour à tour
dirigée vers toutes les têtes qui l'entouraient, se
mouvait sur son cou avec une lenteur attentive et
étonnée, mais il n'y avait dans son air rien qui ressemblât à la peur. Il s'était fait de la table un re-
tranchement improvisé; et cet homme qui, le moment d'auparavant, n'avait l'air que d'un bon vieux
homme, était devenu subitement une sorte d'athlète,
et posait son poing robuste sur le dossier de sa
chaise avec un geste redoutable et surprenant.

Ce vieillard, si ferme et si brave devant un tel
danger, semblait être de ces natures qui sont cou-
rageuses comme elles sont bonnes, aisément et
simplement. Le père d'une femme qu'on aime n'est
jamais un étranger pour nous. Marius se sentit fier
de cet inconnu.

Trois des hommes dont Jondrette avait dit : *ce
sont des fumistes,* avaient pris dans le tas de ferrailles, l'un une grande cisaille, l'autre une pince à
faire des pesées, le troisième un marteau, et s'étaient
mis en travers de la porte sans prononcer une parole. Le vieux était resté sur le lit, et avait seulement ouvert les yeux. La Jondrette s'était assise à
côté de lui.

Marius pensa qu'avant quelques secondes le moment d'intervenir serait arrivé, et il éleva sa main droite vers le plafond, dans la direction du corridor, prêt à lâcher son coup de pistolet.

Jondrette, son colloque avec l'homme à la trique terminé, se tourna de nouveau vers M. Leblanc et répéta sa question en l'accompagnant de ce rire bas, contenu et terrible qu'il avait :

— Vous ne me reconnaissez donc pas?

M. Leblanc le regarda en face et répondit :

— Non.

Alors Jondrette vint jusqu'à la table. Il se pencha par-dessus la chandelle, croisant les bras, approchant sa mâchoire anguleuse et féroce du visage calme de M. Leblanc, et avançant le plus qu'il pouvait sans que M. Leblanc reculât, et dans cette posture de bête fauve qui va mordre, il cria :

— Je ne m'appelle pas Fabantou, je ne m'appelle pas Jondrette, je me nomme Thénardier! je suis l'aubergiste de Montfermeil! entendez-vous bien? Thénardier! maintenant me reconnaissez-vous?

Une imperceptible rougeur passa sur le front de M. Leblanc, et il répondit sans que sa voix trem-

blât, ni s'élevât, avec sa placidité ordinaire :
— Pas davantage.

Marius n'entendit pas cette réponse. Qui l'eût vu
en ce moment dans cette obscurité l'eût vu hagard,
stupide et foudroyé. Au moment où Jondrette avait
dit : *Je me nomme Thénardier,* Marius avait trem-
blé de tous ses membres et s'était appuyé au mur
comme s'il eût senti le froid d'une lame d'épée à
travers son cœur. Puis son bras droit, prêt à lâcher
le coup de signal, s'était abaissé lentement, et au
moment où Jondrette avait répété : *Entendez-vous
bien, Thénardier ?* les doigts défaillants de Marius
avaient manqué laisser tomber le pistolet. Jondrette, en dévoilant qui il était, n'avait pas ému
M. Leblanc, mais il avait bouleversé Marius. Ce
nom de Thénardier, que M. Leblanc ne semblait
pas connaître, Marius le connaissait. Qu'on se
rappelle ce que ce nom était pour lui ! ce nom, il
l'avait porté sur son cœur, écrit dans le testament
de son père ! il le portait au fond de sa pensée, au
fond de sa mémoire, dans cette recommandation
sacrée : « Un nommé Thénardier m'a sauvé la vie.
« Si mon fils le rencontre, il lui fera tout le bien
« qu'il pourra. » Ce nom, on s'en souvient, était une

des piétés de son âme ; il le mêlait au nom de son
père dans son culte. Quoi ! c'était là ce Thénardier,
c'était là cet aubergiste de Montfermeil qu'il avait
vainement et si longtemps cherché ! Il le trouvait
enfin, et comment ! ce sauveur de son père était un
bandit ! cet homme, auquel lui Marius brûlait de se
dévouer, était un monstre ! ce libérateur du colonel
Pontmercy était en train de commettre un attentat
dont Marius ne voyait pas encore bien distinctement la forme, mais qui ressemblait à un assassinat ! et sur qui, grand Dieu ! quelle fatalité !
quelle amère moquerie du sort ! Son père lui or-
donnait du fond de son cercueil de faire tout le
bien possible à Thénardier, depuis quatre ans Marius n'avait pas d'autre idée que d'acquitter cette
dette de son père, et au moment où il allait faire
saisir par la justice un brigand au milieu d'un
crime, la destinée lui criait : c'est Thénardier ! la
vie de son père, sauvée dans une grêle de mitraille
sur le champ héroïque de Waterloo, il allait enfin
la payer à cet homme, et la payer de l'échafaud !
Il s'était promis, si jamais il retrouvait ce Thénardier, de ne l'aborder qu'en se jetant à ses pieds,
et il le retrouvait en effet, mais pour le livrer au

bourreau ! son père lui disait : Secours Thénardier ! et il répondait à cette voix adorée et sainte en
écrasant Thénardier ! donner pour spectacle à son
père dans son tombeau l'homme qui l'avait arraché
à la mort au péril de sa vie, exécuté place Saint-
Jacques par le fait de son fils, de ce Marius à qui
il avait légué cet homme ! et quelle dérision que
d'avoir si longtemps porté sur sa poitrine les dernières volontés de son père écrites de sa main pour
faire affreusement tout le contraire ! mais d'un autre
côté, assister à ce guet-apens et ne pas l'empêcher ! quoi ! condamner la victime et épargner
l'assassin ! est-ce qu'on pouvait être tenu à quelque
reconnaissance envers un pareil misérable ? toutes
les idées que Marius avait depuis quatre ans étaient
comme traversées de part en part par ce coup inat-
tendu. Il frémissait. Tout dépendait de lui. Il tenait
dans sa main à leur insu ces êtres qui s'agitaient
là sous ses yeux. S'il tirait le coup de pistolet,
M. Leblanc était sauvé et Thénardier était perdu ;
s'il ne le tirait pas, M. Leblanc était sacrifié et,
qui sait ? Thénardier échappait. Précipiter l'un, ou
laisser tomber l'autre ! remords des deux côtés.
Que faire ? que choisir ? manquer aux souvenirs les

plus impérieux, à tant d'engagements profonds
pris avec lui-même, au devoir le plus saint, au
texte le plus vénéré! manquer au testament de son
père, ou laisser s'accomplir un crime! il lui semblait d'un côté entendre « son Ursule » le supplier
pour son père, et de l'autre le colonel lui recom-
mander Thénardier. Il se sentait fou. Ses genoux se
dérobaient sous lui; et il n'avait pas même le temps
de délibérer, tant la scène qu'il avait sous les yeux
se précipitait avec furie. C'était comme un tour-
billon dont il s'était cru maître et qui l'emportait.
Il fut au moment de s'évanouir.

Cependant Thénardier, nous ne le nommerons
plus autrement désormais, se promenait de long
en large devant la table dans une sorte d'égare-
ment et de triomphe frénétique.

Il prit à plein poing la chandelle et la posa sur
la cheminée avec un frappement si violent que la
mèche faillit s'éteindre et que le suif éclaboussa le
mur.

Puis il se tourna vers M. Leblanc, effroyable, et
cracha ceci :

— Flambé! fumé! fricassé! à la crapaudine!
Et il se remit à marcher, en pleine explosion.

— Ah! criait-il, je vous retrouve enfin, monsieur le philanthrope! monsieur le millionnaire râpé! monsieur le donneur de poupées! vieux jocrisse! ah! vous ne me reconnaissez pas! non, ce n'est pas vous qui êtes venu à Montfermeil, à mon auberge, il y a huit ans, la nuit de Noël 1823! ce n'est pas vous qui avez emmené de chez moi l'enfant de la Fantine! l'Alouette! ce n'est pas vous qui aviez un carrick jaune! non! et un paquet plein de nippes à la main comme ce matin chez moi! Dis donc, ma femme! c'est sa manie, à ce qu'il paraît, de porter dans les maisons des paquets pleins de bas de laine! vieux charitable, va! Est-ce que vous êtes bonnetier, monsieur le millionnaire? vous donnez aux pauvres votre fonds de boutique, saint homme! quel funambule! Ah! vous ne me reconnaissez pas? Eh bien, je vous reconnais, moi! je vous ai reconnu tout de suite dès que vous avez fourré votre mufle ici. Ah! on va voir enfin que ce n'est pas tout roses d'aller comme cela dans les maisons des gens, sous prétexte que ce sont des auberges, avec des habits minables, avec l'air d'un pauvre, qu'on lui aurait donné un sou, tromper les personnes, faire le généreux, leur

prendre leur gagne-pain, et menacer dans les bois,
et qu'on n'en est pas quitte pour rapporter après.
quand les gens sont ruinés, une redingote trop
large et deux méchantes couvertures d'hôpital,
vieux gueux, voleur d'enfants!

Il s'arrêta, et parut un moment se parler à lui-
même. On eût dit que sa fureur tombait comme le
Rhône dans quelque trou; puis, comme s'il achevait tout haut des choses qu'il venait de se dire
tout bas, il frappa un coup de poing sur la table et
cria :

— Avec son air bonasse!

Et, apostrophant M. Leblanc :

— Parbleu! vous vous êtes moqué de moi autrefois! Vous êtes cause de tous mes malheurs!
Vous avez eu pour quinze cents francs une fille que
j'avais et qui était certainement à des riches, et qui
m'avait déjà rapporté beaucoup d'argent, et dont
je devais tirer de quoi vivre toute ma vie! Une fille
qui m'aurait dédommagé de tout ce que j'ai perdu
dans cette abominable gargote où l'on faisait des
sabbats sterlings et où j'ai mangé comme un im-
bécile tout mon saint frusquin! Oh! je voudrais
que tout le vin qu'on a bu chez moi fût du poison à

ceux qui l'ont bu ! Enfin, n'importe ! Dites donc !
vous avez dû me trouver farce quand vous vous
êtes en allé avec l'Alouette ! Vous aviez votre gour-
din dans la forêt ! Vous étiez le plus fort. Revanche.
C'est moi qui ai l'atout aujourd'hui ! Vous êtes
fichu, mon bonhomme ! Oh mais, je ris. Vrai, je
ris ! Est-il tombé dans le panneau ! Je lui ai dit
que j'étais acteur, que je m'appelais Fabantou,
que j'avais joué la comédie avec mamselle Mars,
avec mamselle Muche, que mon propriétaire voulait être payé demain 4 février, et il n'a même pas
vu que c'est le 8 janvier et non le 4 février qui est
un terme ! Absurde crétin ! Et ces quatre méchants
philippes qu'il m'apporte ! Canaille ! Il n'a même pas
eu le cœur d'aller jusqu'à cent francs ! Et comme
il donnait dans mes platitudes ! Ça m'amusait. Je
me disais : Ganache ! Va, je te tiens. Je te lèche
les pattes ce matin ! Je te rongerai le cœur ce
soir !

Thénardier cessa. Il était essoufflé. Sa petite
poitrine étroite haletait comme un soufflet de forge.
Son œil était plein de cet ignoble bonheur d'une
créature faible, cruelle et lâche qui peut enfin ter-
rasser ce qu'elle a redouté et insulter ce qu'elle a

flatté, joie d'un nain qui mettrait le talon sur la
tête de Goliath, joie d'un chacal qui commence à
déchirer un taureau malade, assez mort pour ne
plus se défendre, assez vivant pour souffrir encore.

M. Leblanc ne l'interrompit pas, mais lui dit
lorsqu'il s'interrompit :

— Je ne sais ce que vous voulez dire. Vous vous
méprenez. Je suis un homme très-pauvre et rien
moins qu'un millionnaire. Je ne vous connais pas.
Vous me prenez pour un autre.

— Ah! râla Thénardier, la bonne balançoire !
Vous tenez à cette plaisanterie ! Vous pataugez, mon
vieux ! Ah! vous ne vous souvenez pas! Vous ne
voyez pas qui je suis !

— Pardon, monsieur, répondit M. Leblanc avec
un accent de politesse qui avait en un pareil moment quelque chose d'étrange et de puissant, je
vois que vous êtes un bandit.

Qui ne l'a remarqué, les êtres odieux ont leur
susceptibilité, les monstres sont chatouilleux. A ce
mot de bandit, la femme Thénardier se jeta à bas
du lit, Thénardier saisit sa chaise comme s'il allait
la briser dans ses mains. — Ne bouge pas, toi!
cria-t-il à sa femme et, se tournant vers M. Leblanc:

— Bandit ! oui, je sais que vous nous appelez comme cela, messieurs les gens riches ! Tiens ! c'est vrai, j'ai fait faillite, je me cache, je n'ai pas de pain, je n'ai pas le sou, je suis un bandit ! Voilà trois jours que je n'ai mangé, je suis un bandit ! Ah ! vous vous chauffez les pieds vous autres, vous avez des escarpins de Sakoski, vous avez des rédingotes ouatées, comme des archevêques, vous logez au premier dans des maisons à portier, vous mangez des truffes, vous mangez des bottes d'asperges à quarante francs au mois de janvier, des petits pois, vous vous gavez, et quand vous voulez savoir s'il fait froid, vous regardez dans le journal ce que marque le thermomètre de l'ingénieur Chevalier ; nous ! c'est nous qui sommes les thermomètres ! Nous n'avons pas besoin d'aller voir sur le quai au coin de la tour de l'Horloge combien il y a de degrés de froid, nous sentons le sang se figer dans nos veines et la glace nous arriver au cœur, et nous disons : Il n'y a pas de Dieu ! Et vous venez dans nos cavernes, oui, dans nos cavernes, nous appeler bandits ! Mais nous vous mangerons ! mais nous vous dévorerons, pauvres petits ! Monsieur le millionnaire ! sachez ceci : J'ai été

un homme établi, j'ai été patenté, j'ai été électeur,
je suis un bourgeois, moi! et vous n'en êtes peut-
être pas un, vous!

Ici Thénardier fit un pas vers les hommes qui
étaient près de la porte et ajouta avec un frémissement :

— Quand je pense qu'il ose venir me parler
comme à un savetier!

Puis s'adressant à M. Leblanc avec une recru-
descence de frénésie :

— Et sachez encore ceci, monsieur le philanthrope! Je ne suis pas un homme louche, moi! Je
ne suis pas un homme dont on ne sait point le nom
et qui vient enlever des enfants dans les maisons!
Je suis un ancien soldat français, je devrais être
décoré! J'étais à Waterloo, moi! et j'ai sauvé dans
la bataille un général appelé le comte de Pontmercy! Ce tableau que vous voyez, et qui a été
peint par David à Bruqueselles, savez-vous qui il
représente? Il représente moi. David a voulu im-
mortaliser ce fait d'armes. J'ai le général Pontmercy sur mon dos, et je l'emporte à travers la mitraille. Voilà l'histoire! Il n'a même jamais rien
fait pour moi, ce général-là; il ne valait pas mieux

que les autres! Je ne lui en ai pas moins sauvé la
vie au danger de la mienne, et j'en ai les certificats plein mes poches! Je suis un soldat de Waterloo, mille noms de noms! Et maintenant que
j'ai eu la bonté de vous dire tout ça, finissons, il
me faut de l'argent, il me faut beaucoup d'argent,
il me faut énormément d'argent, ou je vous exter-
mine, tonnerre du bon Dieu!

• Marius avait repris quelque empire sur ses angoisses, et écoutait. La dernière possibilité de doute
venait de s'évanouir. C'était bien le Thénardier du
testament. Marius frissonna à ce reproche d'ingra-
titude adressé à son père et qu'il était sur le point
de justifier si fatalement. Ses perplexités en redou-
blèrent. Du reste il y avait dans toutes ces paroles
de Thénardier, dans l'accent, dans le geste, dans
le regard qui faisait jaillir des flammes de chaque
mot, il y avait dans cette explosion d'une mauvaise
nature montrant tout, dans ce mélange de fanfaron-
nade et d'abjection, d'orgueil et de petitesse, de
rage et de sottise, dans ce chaos de griefs réels et
de sentiments faux, dans cette impudeur d'un méchant homme savourant la volupté de la violence,
dans cette nudité effrontée d'une âme laide, dans

cette conflagration de toutes les souffrances combinées avec toutes les haines, quelque chose qui
était hideux comme le mal et poignant comme le
vrai.

Le tableau de maître, la peinture de David dont
il avait proposé l'achat à M. Leblanc, n'était, le
lecteur l'a deviné, autre chose que l'enseigne de sa
gargote, peinte, on s'en souvient, par lui-même,
seul débris qu'il eût conservé de son naufrage de
Montfermeil.

Comme il avait cessé d'intercepter le rayon vi-
suel de Marius, Marius maintenant pouvait consi-
dérer cette chose, et dans ce badigeonnage il reconnaissait réellement une bataille, un fond de
fumée, et un homme qui en portait un autre.
C'était le groupe de Thénardier et de Pontmercy;
le sergent sauveur, le colonel sauvé. Marius était
comme ivre, ce tableau faisait en quelque sorte
son père vivant; ce n'était plus l'enseigne du cabaret de Montfermeil, c'était une résurrection, une
tombe s'y entr'ouvrait, un fantôme s'y dressait,
Marius entendait son cœur tinter à ses tempes, il
avait le canon de Waterloo dans les oreilles, son
père sanglant vaguement peint sur ce panneau

sinistre l'effarait, et il lui semblait que cette silhouette informe le regardait fixement.

Quand Thénardier eut repris haleine, il attacha sur M. Leblanc ses prunelles sanglantes, et lui dit d'une voix basse et brève :

— Qu'as-tu à dire avant qu'on te mette en brindesingues ?

M. Leblanc se taisait. Au milieu de ce silence une voix éraillée lança du corridor ce sarcasme lugubre :

— S'il faut fendre du bois, je suis là, moi !

C'était l'homme au merlin qui s'égayait.

En même temps une énorme face hérissée et terreuse parut à la porte avec un affreux rire qui montrait non des dents, mais des crocs.

C'était la face de l'homme au merlin.

— Pourquoi as-tu ôté ton masque ? lui cria Thénardier avec fureur.

— Pour rire, répliqua l'homme.

Depuis quelques instants, M. Leblanc semblait suivre et guetter tous les mouvements de Thénardier, qui, aveuglé et ébloui par sa propre rage, allait et venait dans le repaire avec la confiance de sentir la porte gardée, de tenir, armé, un homme désarmé, et d'être neuf contre un, en supposant que la Thénardier ne comptât que pour un homme. Dans son apostrophe à l'homme au merlin, il tournait le dos à M. Leblanc.

M. Leblanc saisit ce moment, repoussa du pied la chaise, du poing la table, et d'un bond, avec une agilité prodigieuse, avant que Thénardier eût eu le temps de se retourner, il était à la fenêtre. L'ouvrir, escalader l'appui, l'enjamber, ce fut une seconde. Il était à moitié dehors quand six poings robustes le saisirent et le ramenèrent énergiquement dans le bouge. C'étaient les trois « fumistes » qui s'étaient élancés sur lui. En même temps, la Thénardier l'avait empoigné aux cheveux.

Au piétinement qui se fit, les autres bandits accoururent du corridor. Le vieux qui était sur le lit et qui semblait pris de vin, descendit du grabat et arriva en chancelant, un marteau de cantonnier à la main.

Un des « fumistes » dont la chandelle éclairait le visage barbouillé et dans lequel Marius, malgré ce barbouillage, reconnut Panchaud, dit Printanier, dit Bigrenaille, levait au-dessus de la tête de M. Leblanc une espèce d'assommoir fait de deux pommes de plomb aux deux bouts d'une barre de fer.

Marius ne put résister à ce spectacle. — Mon père, pensa-t-il, pardonne-moi! — Et son doigt chercha la détente du pistolet. Le coup allait partir lorsque la voix de Thénardier cria :

— Ne lui faites pas de mal!

Cette tentative désespérée de la victime, loin d'exaspérer Thénardier, l'avait calmé. Il y avait deux hommes en lui, l'homme féroce et l'homme adroit. Jusqu'à cet instant, dans le débordement du triomphe, devant la proie abattue et ne bougeant pas, l'homme féroce avait dominé; quand la victime se débattit et parut vouloir lutter, l'homme adroit reparut et prit le dessus.

— Ne lui faites pas de mal! répéta-t-il, et sans s'en douter, pour premier succès, il arrêta le pistolet prêt à partir et paralysa Marius pour lequel l'urgence disparut, et qui, devant cette phase nouvelle, ne vit point d'inconvénient à attendre encore. Qui sait si quelque chance ne surgirait pas qui le délivrerait de l'affreuse alternative de laisser périr le père d'Ursule ou de perdre le sauveur du colonel?

Une lutte herculéenne s'était engagée. D'un coup de poing en plein torse M. Leblanc avait envoyé le vieux rouler au milieu de la chambre, puis de deux revers de main avait terrassé deux autres assaillants, et il en tenait un sous chacun de ses genoux ; les misérables râlaient sous cette pression comme sous une meule de granit ; mais les quatre autres avaient saisi le redoutable vieillard aux deux bras et à la nuque et le tenaient accroupi sur les deux « fumistes » terrassés. Ainsi, maître des uns et maîtrisé par les autres, écrasant ceux d'en bas et étouffant sous ceux d'en haut, secouant vainement tous les efforts qui s'entassaient sur lui, M. Leblanc disparaissait sous le groupe horrible des bandits comme un sanglier sous un monceau hurlant de dogues et de limiers.

Ils parvinrent à le renverser sur le lit le plus proche de la croisée et l'y tinrent en respect. La Thénardier ne lui avait pas lâché les cheveux.

— Toi, dit Thénardier, ne t'en mêle pas. Tu vas déchirer ton châle.

La Thénardier obéit, comme la louve obéit au loup, avec un grondement.

— Vous autres, reprit Thénardier, fouillez-le.

M. Leblanc semblait avoir renoncé à la résistance. On le fouilla. Il n'avait rien sur lui qu'une bourse en cuir qui contenait six francs, et son mouchoir.

Thénardier mit le mouchoir dans sa poche.

— Quoi ! pas de portefeuille ? demanda-t-il.

— Ni de montre, répondit un des « fumistes. »

— C'est égal, murmura avec une voix de ventriloque l'homme masqué qui tenait la grosse clef, c'est un vieux rude.

Thénardier alla au coin de la porte et y prit un paquet de cordes qu'il leur jeta.

— Attachez-le au pied du lit, dit-il, et apercevant le vieux qui était resté étendu à travers la chambre du coup de poing de M. Leblanc et qui ne bougeait pas :

— Est-ce que Boulatruelle est mort ? demanda-t-il.

— Non, répondit Bigrenaille, il est ivre.

— Balayez-le dans un coin, dit Thénardier.

Deux des « fumistes » poussèrent l'ivrogne avec le pied près du tas de ferrailles.

— Babet, pourquoi en as-tu amené tant ? dit Thénardier bas à l'homme à la trique, c'était inutile.

— Que veux-tu ? répliqua l'homme à la trique, ils ont tous voulu en être. La saison est mauvaise. Il ne se fait pas d'affaires.

Le grabat où M. Leblanc avait été renversé était une façon de lit d'hôpital porté sur quatre montants grossiers en bois à peine équarri. M. Leblanc se laissa faire. Les brigands le lièrent solidement, debout et les pieds posant à terre au montant du lit le plus éloigné de la fenêtre et le plus proche de la cheminée.

Quand le dernier nœud fut serré, Thénardier prit une chaise et vint s'asseoir presque en face de M. Leblanc. Thénardier ne se ressemblait plus, en quelques instants sa physionomie avait passé de la violence effrénée à la douceur tranquille et rusée. Marius avait peine à reconnaître dans ce sourire poli d'homme de bureau la bouche presque bestiale qui écumait le moment d'auparavant, il considérait avec stupeur cette métamorphose fantastique et inquiétante, et il éprouvait ce qu'éprouverait un homme qui verrait un tigre se changer en un avoué.

— Monsieur,... fit Thénardier.

Et écartant du geste les brigands qui avaient encore la main sur M. Leblanc :

— Éloignez-vous un peu, et laissez-moi causer
avec monsieur.

Tous se retirèrent vers la porte. Il reprit :

— Monsieur, vous avez eu tort d'essayer de
sauter par la fenêtre. Vous auriez pu vous casser
une jambe. Maintenant, si vous le permettez, nous
allons causer tranquillement. Il faut d'abord que
je vous communique une remarque que j'ai faite,
c'est que vous n'avez pas encore poussé le moindre
cri.

Thénardier avait raison, ce détail était réel, quoiqu'il eût échappé à Marius dans son trouble. M. Leblanc avait à peine prononcé quelques paroles sans
hausser la voix, et, même dans sa lutte près de la
fenêtre avec les six bandits, il avait gardé le plus
profond et le plus singulier silence. Thénardier
poursuivit :

— Mon Dieu ! vous auriez un peu crié au voleur,
que je ne l'aurais pas trouvé inconvenant. A l'assassin ! cela se dit dans l'occasion, et, quant à moi,
je ne l'aurais point pris en mauvaise part. Il est
tout simple qu'on fasse un peu de vacarme quand
on se trouve avec des personnes qui ne vous inspi-
rent pas suffisamment de confiance. Vous l'auriez

fait qu'on ne vous aurait pas dérangé. On ne vous
aurait même pas bâillonné. Et je vais vous dire
pourquoi. C'est que cette chambre-ci est très-
sourde. Elle n'a que cela pour elle, mais elle a cela.
C'est une cave. On y tirerait une bombe que cela
ferait pour le corps de garde le plus prochain le
bruit d'un ronflement d'ivrogne. Ici le canon ferait
boum et le tonnerre ferait pouf. C'est un logement
commode. Mais enfin vous n'avez pas crié, c'est
mieux, je vous en fais mon compliment, et je vais
vous dire ce que j'en conclus : mon cher monsieur,
quand on crie, qu'est-ce qui vient? la police. Et
après la police? la justice. Eh bien! vous n'avez
pas crié; c'est que vous ne vous souciez pas plus
que nous de voir arriver la justice et la police.
C'est que, — il y a longtemps que je m'en doute,
— vous avez un intérêt quelconque à cacher quelque chose. De notre côté nous avons le même
intérêt. Donc nous pouvons nous entendre.

Tout en parlant ainsi, il semblait que Thénardier, la prunelle attachée sur M. Leblanc, cher-
chât à enfoncer les pointes aiguës qui sortaient de
ses yeux jusque dans la conscience de son prisonnier. Du reste son langage, empreint d'une sorte

d'insolence modérée et sournoise, était réservé et
presque choisi, et dans ce misérable qui n'était
tout à l'heure qu'un brigand, on sentait maintenant
« l'homme qui a étudié pour être prêtre. »

Le silence qu'avait gardé le prisonnier, cette
précaution qui allait jusqu'à l'oubli même du soin
de sa vie, cette résistance opposée au premier mouvement de la nature, qui est de jeter un cri, tout
cela, il faut le dire, depuis que la remarque en avait
été faite, était importun à Marius, et l'étonnait pé-
niblement.

L'observation si fondée de Thénardier obscur-
cissait encore pour Marius les épaisseurs mystérieuses sous lesquelles se dérobait cette figure
grave et étrange à laquelle Courfeyrac avait jeté
le sobriquet de monsieur Leblanc. Mais quel qu'il
fût, lié de cordes, entouré de bourreaux, à demi
plongé, pour ainsi dire, dans une fosse qui s'enfonçait sous lui d'un degré à chaque instant, devant la fureur comme devant la douceur de Thénardier, cet homme demeurait impassible ; et
Marius ne pouvait s'empêcher d'admirer en un
pareil moment ce visage superbement mélancolique.

C'était évidemment une âme inaccessible à l'é-
pouvante et ne sachant pas ce que c'est que d'être
éperdue. C'était un de ces hommes qui dominent
l'étonnement des situations désespérées. Si extrême
que fût la crise, si inévitable que fût la cata-
strophe, il n'y avait rien là de l'agonie du noyé
ouvrant sous l'eau des yeux horribles.

Thénardier se leva sans affectation, alla à la
cheminée, déplaça le paravent qu'il appuya au
grabat voisin, et démasqua ainsi le réchaud plein
de braise ardente dans laquelle le prisonnier pouvait parfaitement voir le ciseau rougi à blanc et pi-
qué çà et là de petites étoiles écarlates.

Puis Thénardier vint se rasseoir près de M. Leblanc.

— Je continue, dit-il. Nous pouvons nous entendre. Arrangeons ceci à l'amiable. J'ai eu tort
de m'emporter tout à l'heure, je ne sais où j'avais
l'esprit, j'ai été beaucoup trop loin, j'ai dit des ex-
travagances. Par exemple, parce que vous êtes
millionnaire, je vous ai dit que j'exigeais de l'argent, beaucoup d'argent, immensément d'argent.
Cela ne serait pas raisonnable. Mon Dieu, vous
avez beau être riche, vous avez vos charges, qui

n'a pas les siennes? je ne veux pas vous ruiner, je
ne suis pas un happe-chair après tout. Je ne suis
pas de ces gens qui, parce qu'ils ont l'avantage de
la position, profitent de cela pour être ridicules.
Tenez, j'y mets du mien et je fais un sacrifice de
mon côté. Il me faut simplement deux cent mille
francs.

M. Leblanc ne souffla pas un mot. Thénardier
poursuivit :

— Vous voyez que je ne mets pas mal d'eau
dans mon vin. Je ne connais pas l'état de votre fortune, mais je sais que vous ne regardez pas à l'argent, et un homme bienfaisant comme vous peut
bien donner deux cent mille francs à un père de
famille qui n'est pas heureux. — Certainement vous
êtes raisonnable aussi, vous ne vous êtes pas figuré
que je me donnerais de la peine comme aujour-
d'hui, et que j'organiserais la chose de ce soir, qui
est un travail bien fait, de l'aveu de ces messieurs,
pour aboutir à vous demander de quoi aller boire
du rouge à quinze et manger du veau chez Des-
noyers. Deux cent mille francs, ça vaut ça. Une
fois cette bagatelle sortie de votre poche, je vous
réponds que tout est dit et que vous n'avez pas à

craindre une pichenette. Vous me direz : mais je
n'ai pas deux cent mille francs sur moi. Oh! je ne
suis pas exagéré. Je n'exige pas cela. Je ne vous
demande qu'une chose. Ayez la bonté d'écrire ce
que je vais vous dicter.

Ici Thénardier s'interrompit, puis il ajouta en
appuyant sur les mots et en jetant un sourire du
côté du réchaud :

— Je vous préviens que je n'admettrais pas que
vous ne sachiez pas écrire.

Un grand inquisiteur eût pu envier ce sourire.

Thénardier poussa la table tout près de M. Leblanc, et prit l'encrier, une plume et une feuille de
papier dans le tiroir qu'il laissa entr'ouvert et où
luisait la longue lame du couteau.

Il posa la feuille de papier devant M. Leblanc.

— Écrivez, dit-il.

Le prisonnier parla enfin.

— Comment voulez-vous que j'écrive? je suis
attaché.

— C'est vrai, pardon! fit Thénardier, vous avez
bien raison.

Et se tournant vers Bigrenaille :

— Déliez le bras droit de monsieur.

Panchaud, dit Printanier, dit Bigrenaille, exécuta l'ordre de Thénardier. Quand la main droite du prisonnier fut libre, Thénardier trempa la plume dans l'encre et la lui présenta.

— Remarquez bien, monsieur, que vous êtes en notre pouvoir, à notre discrétion, qu'aucune puissance humaine ne peut vous tirer d'ici, et que nous serions vraiment désolés d'être contraints d'en venir à des extrémités désagréables. Je ne sais ni votre nom, ni votre adresse, mais je vous préviens que vous resterez attaché jusqu'à ce que la personne chargée de porter la lettre que vous allez écrire soit revenue. Maintenant veuillez écrire.

— Quoi? demanda le prisonnier.

— Je dicte.

M. Leblanc prit la plume.

Thénardier commença à dicter :

— « Ma fille... »

Le prisonnier tressaillit et leva les yeux sur Thénardier.

— Mettez « ma chère fille, » dit Thénardier. M. Leblanc obéit. Thénardier continua :

— « Viens sur-le-champ... »

Il s'interrompit.

— Vous la tutoyez, n'est-ce pas?

— Qui? demanda M. Leblanc.

— Parbleu! dit Thénardier, la petite, l'Alouette.

M. Leblanc répondit sans la moindre émotion apparente :

— Je ne sais ce que vous voulez dire.

— Allez toujours, fit Thénardier, et il se remit à dicter.

— « Viens sur-le-champ. J'ai absolument be-
« soin de toi. La personne qui te remettra ce billet
« est chargée de t'amener près de moi. Je t'attends.
« Viens avec confiance. »

M. Leblanc avait tout écrit. Thénardier reprit :

— Ah! effacez *viens avec confiance;* cela pourrait faire supposer que la chose n'est pas toute
simple et que la défiance est possible.

M. Leblanc ratura les trois mots.

— A présent, poursuivit Thénardier, signez.
Comment vous appelez-vous?

Le prisonnier posa la plume et demanda :

— Pour qui est cette lettre?

— Vous le savez bien, répondit Thénardier,
pour la petite. Je viens de vous le dire.

Il était évident que Thénardier évitait de nom-

mer la jeune fille dont il était question. Il disait
« l'Alouette, » il disait « la petite, » mais il ne
prononçait pas le nom. Précaution d'habile homme
gardant son secret devant ses complices. Dire le
nom, c'eût été leur livrer toute « l'affaire, » et
leur en apprendre plus qu'ils n'avaient besoin d'en
savoir.

Il reprit :

— Signez. Quel est votre nom?

— Urbain Fabre, dit le prisonnier.

Thénardier, avec le mouvement d'un chat, précipita sa main dans sa poche et en tira le mouchoir saisi sur M. Leblanc. Il en chercha la marque
et l'approcha de la chandelle.

— U. F. C'est cela. Urbain Fabre. Eh bien,
signez U. F.

Le prisonnier signa.

— Comme il faut les deux mains pour plier la
lettre, donnez, je vais la plier.

Cela fait, Thénardier reprit :

— Mettez l'adresse. *Mademoiselle Fabre,* chez
vous. Je sais que vous demeurez pas très-loin
d'ici, aux environs de Saint-Jacques-du-Haut-Pas,
puisque c'est là que vous allez à la messe tous les

jours, mais je ne sais pas dans quelle rue. Je vois que vous comprenez votre situation. Comme vous n'avez pas menti pour votre nom, vous ne mentirez pas pour votre adresse. Mettez-la vous-même.

Le prisonnier resta un moment pensif, puis il prit la plume et écrivit :

— Mademoiselle Fabre, chez monsieur Urbain Fabre, rue Saint-Dominique-d'Enfer n° 17.

Thénardier saisit la lettre avec une sorte de convulsion fébrile.

— Ma femme! cria-t-il.

La Thénardier accourut.

— Voici la lettre. Tu sais ce que tu as à faire. Un fiacre est en bas. Pars tout de suite, et reviens idem.

Et s'adressant à l'homme au merlin :

— Toi, puisque tu as ôté ton cache-nez, accompagne la bourgeoise. Tu monteras derrière le fiacre. Tu sais où tu as laissé la maringotte?

— Oui, dit l'homme.

Et, déposant son merlin dans un coin, il suivit la Thénardier.

Comme ils s'en allaient, Thénardier passa sa

tête par la porte entre-bâillée et cria dans le corridor :

— Surtout ne perds pas la lettre! songe que tu as deux cent mille francs sur toi.

La voix rauque de la Thénardier répondit :

— Sois tranquille. Je l'ai mise dans mon estomac.

Une minute ne s'était pas écoulée qu'on entendit le claquement d'un fouet qui décrut et s'éteignit rapidement.

— Bien! grommela Thénardier. Ils vont bon train. De ce galop-là la bourgeoise sera de retour dans trois quarts d'heure.

Il approcha une chaise de la cheminée et s'assit en se croisant les bras et en présentant ses bottes boueuses au réchaud.

— J'ai froid aux pieds, dit-il.

Il ne restait plus dans le bouge avec Thénardier et le prisonnier que cinq bandits. Ces hommes, à travers les masques ou la glu noire qui leur couvrait la face et en faisait, au choix de la peur, des charbonniers, des nègres ou des démons, avaient des airs engourdis et mornes, et l'on sentait qu'ils exécutaient un crime comme une besogne, tranquillement, sans colère et sans pitié, avec une sorte d'ennui. Ils étaient dans un coin entassés comme des brutes et se taisaient. Thénardier se chauffait les pieds. Le prisonnier était retombé dans sa taciturnité. Un calme sombre avait succédé au vacarme farouche qui remplissait le galetas quelques instants auparavant.

La chandelle, où un large champignon s'était formé, éclairait à peine l'immense taudis, le brasier s'était terni, et toutes ces têtes monstrueuses faisaient des ombres difformes sur les murs et au plafond.

On n'entendait d'autre bruit que la respiration paisible du vieillard ivre qui dormait.

Marius attendait, dans une anxiété que tout accroissait. L'énigme était plus impénétrable que jamais. Qu'était-ce que cette « petite » que Thénardier avait aussi nommée l'Alouette? était-ce son « Ursule? » Le prisonnier n'avait pas paru ému à ce mot, l'Alouette, et avait répondu le plus naturellement du monde : Je ne sais ce que vous voulez dire. D'un autre côté, les deux lettres U. F. étaient expliquées, c'était Urbain Fabre, et Ursule ne s'appelait plus Ursule. C'est là ce que Marius voyait le plus clairement. Une sorte de fascination affreuse le retenait cloué à la place d'où il observait et dominait toute cette scène. Il était là, presque incapable de réflexion et de mouvement, comme anéanti par de si abominables choses vues de près. Il attendait, espérant quelque incident, n'importe quoi, ne pouvant rassembler ses idées et ne sachant quel parti prendre.

— Dans tous les cas, disait-il, si l'Alouette, c'est elle, je le verrai bien, car la Thénardier va l'amener ici. Alors tout sera dit, je donnerai ma vie et mon sang s'il le faut, mais je la délivrerai! Rien ne m'arrêtera.

Près d'une demi-heure passa ainsi. Thénardier paraissait absorbé par une méditation ténébreuse, le prisonnier ne bougeait pas. Cependant Marius croyait par intervalles et depuis quelques instants entendre un petit bruit sourd du côté du prisonnier.

Tout à coup Thénardier apostropha le prisonnier :

— Monsieur Fabre, tenez, autant que je vous dise tout de suite.

Ces quelques mots semblaient commencer un

éclaircissement. Marius prêta l'oreille. Thénardier continua :

— Mon épouse va revenir, ne vous impatientez pas. Je pense que l'Alouette est véritablement votre fille, et je trouve tout simple que vous la gardiez. Seulement, écoutez un peu, avec votre lettre, ma femme ira la trouver. J'ai dit à ma femme de s'habiller, comme vous avez vu, de façon que votre demoiselle la suive sans difficulté. Elles monteront toutes deux dans le fiacre avec mon camarade derrière. Il y a quelque part en dehors d'une barrière une maringotte attelée de deux très-bons chevaux. On y conduira votre demoiselle. Elle descendra du fiacre. Mon camarade montera avec elle dans la maringotte, et ma femme reviendra ici nous dire : C'est fait. Quant à votre demoiselle, on ne lui fera pas de mal ; la maringotte la mènera dans un endroit où elle sera tranquille, et dès que vous m'aurez donné les petits deux cent mille francs, on vous la rendra. Si vous me faites arrêter, mon camarade donnera le coup de pouce à l'Alouette, voilà.

Le prisonnier n'articula pas une parole. Après une pause, Thénardier poursuivit :

— C'est simple, comme vous voyez. Il n'y aura

pas de mal si vous ne voulez pas qu'il y ait du mal. Je vous conte la chose. Je vous préviens pour que vous sachiez.

Il s'arrêta ; le prisonnier ne rompit pas le silence, et Thénardier reprit :

— Dès que mon épouse sera revenue et qu'elle m'aura dit : L'Alouette est en route, nous vous lâcherons et vous serez libre d'aller coucher chez vous. Vous voyez que nous n'avions pas de mauvaises intentions.

Des images épouvantables passèrent devant la pensée de Marius. Quoi ! cette jeune fille qu'on enlevait, on n'allait pas la ramener ? un de ces monstres allait l'emporter dans l'ombre ? où ?... Et si c'était elle ! Et il était clair que c'était elle. Marius sentait les battements de son cœur s'arrêter. Que faire ? tirer le coup de pistolet ? mettre aux mains de la justice tous ces misérables ? Mais l'affreux homme au merlin n'en serait pas moins hors de toute atteinte avec la jeune fille, et Marius songeait à ces mots de Thénardier dont il entrevoyait la signification sanglante : *Si vous me faites arrêter, mon camarade donnera le coup de pouce à l'Alouette.*

Maintenant ce n'était pas seulement par le testament du colonel, c'était par son amour même, par le péril de celle qu'il aimait, qu'il se sentait retenu.

Cette effroyable situation, qui durait déjà depuis plus d'une heure, changeait d'aspect à chaque instant. Marius eut la force de passer successivement en revue toutes les plus poignantes conjectures, cherchant une espérance et ne la trouvant pas. Le tumulte de ses pensées contrastait avec le silence funèbre du repaire.

Au milieu de ce silence on entendit le bruit de la porte de l'escalier qui s'ouvrait, puis se fermait.

Le prisonnier fit un mouvement dans ses liens.

— Voici la bourgeoise, dit Thénardier.

Il achevait à peine qu'en effet la Thénardier se précipita dans la chambre, rouge, essoufflée, haletante, les yeux flambants, et cria en frappant de ses grosses mains sur ses deux cuisses à la fois :

— Fausse adresse !

Le bandit qu'elle avait emmené avec elle, parut derrière elle et vint reprendre son merlin.

— Fausse adresse ? répéta Thénardier.

Elle reprit :

— Personne ! Rue Saint-Dominique, numéro

dix-sept, pas de monsieur Urbain Fabre! On ne sait pas ce que c'est!

Elle s'arrêta suffoquée, puis continua :

— Monsieur Thénardier! ce vieux t'a fait poser! tu es trop bon, vois-tu! moi, je te vous lui aurais coupé la margoulette en quatre pour commencer! et s'il avait fait le méchant, je l'aurais fait cuire tout vivant! il aurait bien fallu qu'il parle, et qu'il dise où est la fille, et qu'il dise où est le magot! Voilà comment j'aurais mené cela, moi! On a bien raison de dire que les hommes sont plus bêtes que les femmes! Personne! numéro dix-sept! c'est une grande porte cochère! Pas de monsieur Fabre! rue Saint-Dominique, et ventre à terre, et pourboire au cocher, et tout! J'ai parlé au portier et à la portière, qui est une belle forte femme, ils ne connaissent pas ça!

Marius respira. Elle, Ursule ou l'Alouette, celle qu'il ne savait plus comment nommer, était sauvée.

Pendant que sa femme exaspérée vociférait, Thénardier s'était assis sur la table; il resta quelques instants sans prononcer une parole, balançant sa jambe droite qui pendait et considérant le réchaud d'un air de rêverie sauvage.

Enfin il dit au prisonnier avec une inflexion lente et singulièrement féroce :

— Une fausse adresse? qu'est-ce que tu as donc espéré?

— Gagner du temps! cria le prisonnier d'une voix éclatante.

Et au même instant il secoua ses liens ; ils étaient coupés. Le prisonnier n'était plus attaché au lit que par une jambe.

Avant que les sept hommes eussent eu le temps de se reconnaître et de s'élancer, lui s'était penché sous la cheminée, avait étendu la main vers le réchaud, puis s'était redressé, et maintenant Thénardier, la Thénardier et les bandits, refoulés par le saisissement au fond du bouge, le regardaient avec stupeur élevant au-dessus de sa tête le ciseau rouge d'où tombait une lueur sinistre, presque libre et dans une attitude formidable.

L'enquête judiciaire, à laquelle le guet-apens de la masure Gorbeau donna lieu par la suite, a constaté qu'un gros sou, coupé et travaillé d'une façon particulière, fut trouvé dans le galetas, quand la police y fit une descente; ce gros sou était une de ces merveilles d'industrie que la patience du bagne engendre dans les ténèbres et pour les ténèbres, merveilles qui ne sont autre chose que des instruments d'évasion. Ces produits hideux et délicats d'un art prodigieux sont dans la bijouterie ce que les métaphores de l'argot sont dans la poésie. Il y a des Benvenuto Cellini au bagne, de même que dans la langue il y a des Villon. Le malheureux qui aspire à la délivrance, trouve moyen, quelquefois sans outils, avec un eustache, avec un vieux couteau, de scier un sou en deux lames minces, de creuser ces deux lames sans toucher aux empreintes monétaires, et de pratiquer un pas de vis sur la tranche du sou de manière à faire adhérer les lames de nouveau. Cela se visse et se dévisse à volonté; c'est une boîte. Dans cette boîte, on cache un ressort de montre, et ce ressort de montre bien manié coupe des manilles de calibre et des barreaux de fer. On croit que ce malheureux forçat ne possède qu'un sou; point, il possède la liberté. C'est un gros sou de ce genre qui, dans des perquisitions de police ultérieures, fut trouvé ouvert et en deux morceaux dans le bouge sous le grabat près de la fenêtre. On découvrit également une petite scie en acier bleu qui pouvait se cacher dans le gros sou. Il est probable qu'au moment où les bandits fouillèrent le prisonnier, il avait sur lui ce gros sou qu'il réussit à cacher dans sa main, et qu'ensuite ayant la main droite libre, il le dévissa et se servit de la scie pour couper les cordes qui l'attachaient, ce qui expliquerait le bruit léger et les mouvements imperceptibles que Marius avait remarqués.

N'ayant pu se baisser de peur de se trahir, il n'avait point coupé les liens de sa jambe gauche.

Les bandits étaient revenus de leur première surprise.

— Sois tranquille, dit Bigrenaille à Thénardier. Il tient encore par une jambe, et il ne s'en ira pas. J'en réponds. C'est moi qui lui ai ficelé cette patte-là.

Cependant le prisonnier éleva la voix :

— Vous êtes des malheureux, mais ma vie ne vaut pas la peine d'être tant défendue. Quant à vous imaginer que vous me feriez parler, que vous me feriez écrire ce que je ne veux pas écrire, que vous me feriez dire ce que je ne veux pas dire...

Il releva la manche de son bras gauche et ajouta :

— Tenez.

En même temps il tendit son bras et posa sur la chair nue le ciseau ardent qu'il tenait dans sa main droite par le manche de bois.

On entendit le frémissement de la chair brûlée, l'odeur propre aux chambres de torture se répandit - dans le taudis. Marius chancela éperdu d'horreur, les brigands eux-mêmes eurent un frisson, le visage de l'étrange vieillard se contracta à peine, et tandis que le fer rouge s'enfonçait dans la plaie fumante, impassible et presque auguste, il attachait sur Thénardier son beau regard sans haine où la souffrance s'évanouissait dans une majesté sereine.

Chez les grandes et hautes natures les révoltes de la chair et des sens en proie à la douleur physique font sortir l'âme et la font apparaître sur le front, de même que les rébellions de la soldatesque forcent le capitaine à se montrer.

— Misérables, dit-il, n'ayez pas plus peur de moi que je n'ai peur de vous.

Et arrachant le ciseau de la plaie, il le lança par la fenêtre qui était restée ouverte, l'horrible outil embrasé disparut dans la nuit en tournoyant et alla tomber au loin et s'éteindre dans la neige.

Le prisonnier reprit :

— Faites de moi ce que vous voudrez.

Il était désarmé.

— Empoignez-le ! dit Thénardier.

Deux des brigands lui posèrent la main sur l'épaule et l'homme masqué à voix de ventriloque se tint en face de lui, prêt à lui faire sauter le crâne d'un coup de clef au moindre mouvement.

En même temps Marius entendit au-dessous de lui, au bas de la cloison, mais tellement près qu'il ne pouvait voir ceux qui parlaient, ce colloque échangé à voix basse :

— Il n'y a plus qu'une chose à faire.

— L'escarper !

— C'est cela.

C'était le mari et la femme qui tenaient conseil.

Thénardier, marcha à pas lents vers la table, ouvrit le tiroir et y prit le couteau.

Marius tourmentait le pommeau du pistolet. Perplexité inouïe ! Depuis une heure il y avait deux voix dans sa conscience, l'une lui disait de respecter le testament de son père, l'autre lui

criait de secourir le prisonnier. Ces deux voix continuaient sans interruption leur lutte qui le mettait
à l'agonie. Il avait vaguement espéré jusqu'à ce
moment trouver un moyen de concilier ces deux
devoirs, mais rien de possible n'avait surgi. Cependant le péril pressait, la dernière limite de
l'attente était dépassée ; à quelques pas du prisonnier, Thénardier songeait, le couteau à la
main.

Marius égaré promenait ses yeux autour de lui,
dernière ressource machinale du désespoir.

Tout à coup il tressaillit.

A ses pieds, sur la table, un vif rayon de pleine
lune éclairait et semblait lui montrer une feuille de
papier. Sur cette feuille il lut cette ligne écrite en
grosses lettres le matin même par l'aînée des filles
Thénardier.

— LES COGNES SONT LA.

Une idée, une clarté traversa l'esprit de Marius ;
c'était le moyen qu'il cherchait, la solution de cet
affreux problème qui le torturait, épargner l'assassin et sauver la victime. Il s'agenouilla sur sa commode, étendit le bras, saisit la feuille de papier,
détacha doucement un morceau de plâtre de la

cloison, l'enveloppa dans le papier et jeta le tout par la crevasse au milieu du bouge.

Il était temps. Thénardier avait vaincu ses dernières craintes ou ses derniers scrupules et se dirigeait vers le prisonnier.

— Quelque chose qui tombe! cria la Thénardier.

— Qu'est-ce? dit le mari.

La femme s'était élancée et avait ramassé le plâtras enveloppé du papier. Elle le remit à son mari.

— Par où cela est-il venu ? demanda Thénardier.

— Pardié! fit la femme, par où veux-tu que cela soit entré? C'est venu par la fenêtre.

— Je l'ai vu passer, dit Bigrenaille.

Thénardier déplia rapidement le papier et l'approcha de la chandelle.

— C'est de l'écriture d'Éponine. Diable!

Il fit signe à sa femme, qui s'approcha vivement, et il lui montra la ligne écrite sur la feuille de papier, puis il ajouta d'une voix sourde :

— Vite! l'échelle! laissons le lard dans la souricière et fichons le camp!

— Sans couper le cou à l'homme? demanda la Thénardier.

— Nous n'avons pas le temps.

— Par où? reprit Bigrenaille.

— Par la fenêtre, répondit Thénardier. Puisque Ponine a jeté la pierre par la fenêtre, c'est que la maison n'est pas cernée de ce côté-là.

Le masque à voix de ventriloque posa à terre sa grosse clef, éleva ses deux bras en l'air et ouvrit et ferma trois fois rapidement ses mains sans dire un mot. Ce fut comme le signal du branle-bas dans un équipage. Les brigands qui tenaient le prisonnier le lâchèrent; en un clin d'œil l'échelle de corde fut déroulée hors de la fenêtre et attachée solidement au rebord par les deux crampons de fer.

Le prisonnier ne faisait pas attention à ce qui se passait autour de lui. Il semblait rêver ou prier.

Sitôt l'échelle fixée, Thénardier cria :

— Viens! la bourgeoise!

Et il se précipita vers la croisée.

Mais comme il allait enjamber, Bigrenaille le saisit rudement au collet.

— Non pas, dis donc, vieux farceur! après nous!

— Après nous! hurlèrent les bandits.

— Vous êtes des enfants, dit Thénardier, nous perdons le temps. Les railles sont sur nos talons.

— Eh bien, dit un des bandits, tirons au sort à qui passera le premier.

Thénardier s'exclama :

— Êtes-vous fous! êtes-vous toqués! en voilà-t-il un tas de jobards! perdre le temps, n'est-ce pas? tirer au sort, n'est-ce pas? au doigt mouillé! à la courte paille! écrire nos noms! les mettre dans un bonnet!...

— Voulez-vous mon chapeau? cria une voix du seuil de la porte.

Tous se retournèrent. C'était Javert.

Il tenait son chapeau à la main, et le tendait en souriant.

XXI

ON DEVRAIT TOUJOURS COMMENCER PAR ARRÊTER
LES VICTIMES

Javert, à la nuit tombante, avait aposté des hommes et s'était embusqué lui-même derrière les arbres de la rue de la Barrière des Gobelins qui fait face à la masure Gorbeau de l'autre côté du boulevard. Il avait commencé par ouvrir « sa poche » pour y fourrer les deux jeunes filles chargées de surveiller les abords du bouge. Mais il n'avait

« coffré » qu'Azelma. Quant à Éponine, elle n'était pas à son poste, elle avait disparu, et il n'avait pu la saisir. Puis Javert s'était mis en arrêt, prêtant l'oreille au signal convenu. Les allées et venues du fiacre l'avaient fort agité. Enfin, il s'était impatienté, et, *sûr qu'il y avait un nid là,* sûr d'être « *en bonne fortune,* » ayant reconnu plusieurs des bandits qui étaient entrés, il avait fini par se décider à monter sans attendre le coup de pistolet.

On se souvient qu'il avait le passe-partout de Marius.

Il était arrivé à point.

Les bandits effarés se jetèrent sur les armes qu'ils avaient abandonnées dans tous les coins au moment de s'évader. En moins d'une seconde, ces sept hommes, épouvantables à voir, se groupèrent dans une posture de défense, l'un avec son merlin, l'autre avec sa clef, l'autre avec son assommoir, les autres avec les cisailles, les pinces et les marteaux, Thénardier son couteau au poing. La Thénardier saisit un énorme pavé qui était dans l'angle de la fenêtre et qui servait à ses filles de tabouret.

Javert remit son chapeau sur sa tête, et fit deux

pas dans la chambre, les bras croisés, la canne sous le bras, l'épée dans le fourreau.

— Halte-là, dit-il. Vous ne passerez pas par la fenêtre, vous passerez par la porte. C'est moins malsain. Vous êtes sept, nous sommes quinze. Ne nous colletons pas comme des auvergnats. Soyons gentils.

Bigrenaille prit un pistolet qu'il tenait caché sous sa blouse et le mit dans la main de Thénardier en lui disant à l'oreille :

— C'est Javert. Je n'ose pas tirer sur cet homme-là. Oses-tu, toi?

— Parbleu! répondit Thénardier.

— Eh bien, tire.

Thénardier prit le pistolet, et ajusta Javert.

Javert, qui était à trois pas, le regarda fixement et se contenta de dire :

— Ne tire pas, va! ton coup va rater.

Thénardier pressa la détente. Le coup rata.

— Quand je te le disais! fit Javert.

Bigrenaille jeta son casse-tête aux pieds de Javert.

— Tu es l'empereur des diables! je me rends.

— Et vous? demanda Javert aux autres bandits.

Ils répondirent :

— Nous aussi.

Javert repartit avec calme :

— C'est ça, c'est bon, je le disais, on est gentil.

— Je ne demande qu'une chose, reprit le Bigrenaille, c'est qu'on ne me refuse pas du tabac pendant que je serai au secret.

— Accordé, dit Javert.

Et se retournant et appelant derrière lui :

— Entrez maintenant!

Une escouade de sergents de ville l'épée au poing et d'agents armés de casse-tête et de gourdins se rua à l'appel de Javert. On garrotta les bandits. Cette foule d'hommes à peine éclairés d'une chandelle emplissait d'ombre le repaire.

— Les poucettes à tous! cria Javert.

— Approchez donc un peu! cria une voix qui n'était pas une voix d'homme, mais dont personne n'eût pu dire : C'est une voix de femme.

La Thénardier s'était retranchée dans un des angles de la fenêtre, et c'était elle qui venait de pousser ce rugissement.

Les sergents de ville et les agents reculèrent.

Elle avait jeté son châle et gardé son chapeau;

son mari, accroupi derrière elle, disparaissait
presque sous le châle tombé, et elle le couvrait de
son corps, élevant le pavé des deux mains au-dessus de sa tête avec le balancement d'une géante
qui va lancer un rocher.

— Gare! cria-t-elle.

Tous se refoulèrent vers le corridor. Un large
vide se fit au milieu du galetas.

La Thénardier jeta un regard aux bandits qui
s'étaient laissé garrotter et murmura d'un accent
guttural et rauque :

— Les lâches !

Javert sourit et s'avança dans l'espace vide que
la Thénardier couvait de ses deux prunelles.

— N'approche pas! va-t'en, cria-t-elle, ou je
t'écroule !

— Quel grenadier! fit Javert; la mère tu as de
la barbe comme un homme, mais j'ai des griffes
comme une femme.

Et il continua de s'avancer.

La Thénardier, échevelée et terrible, écarta les
jambes, se cambra en arrière et jeta éperdument
le pavé à la tête de Javert. Javert se courba, le
pavé passa au-dessus de lui, heurta la muraille du

fond dont il fit tomber un vaste plâtras et revint, en ricochant d'angle en angle à travers le bouge, heureusement presque vide, mourir sur les talons de Javert.

Au même instant Javert arrivait au couple Thénardier. Une de ses larges mains s'abattit sur l'épaule de la femme et l'autre sur la tête du mari.

— Les poucettes! cria-t-il.

Les hommes de police rentrèrent en foule, et en quelques secondes l'ordre de Javert fut exécuté.

La Thénardier, brisée, regarda ses mains garrottées et celles de son mari, se laissa tomber à terre et s'écria en pleurant :

— Mes filles!

— Elles sont à l'ombre, dit Javert.

Cependant les agents avaient avisé l'ivrogne endormi derrière la porte et le secouaient. Il s'éveilla en balbutiant.

— Est-ce fini, Jondrette?

— Oui, répondit Javert.

Les six bandits garrottés étaient debout; du reste, ils avaient encore leurs mines de spectres; trois barbouillés de noir, trois masqués.

— Gardez vos masques, dit Javert.

Et, les passant en revue avec le regard d'un Frédéric II à la parade de Potsdam, il dit aux trois « fumistes » :

— Bonjour, Bigrenaille. Bonjour, Brujon. Bonjour, Deux-Milliards.

Puis, se tournant vers les trois masques, il dit à l'homme au merlin :

— Bonjour, Gueulemer.

Et à l'homme à la trique :

— Bonjour, Babet.

Et au ventriloque :

— Salut, Claquesous.

En ce moment, il aperçut le prisonnier des bandits qui, depuis l'entrée des agents de police, n'avait pas prononcé une parole et tenait sa tête baissée.

— Déliez monsieur ! dit Javert, et que personne ne sorte !

Cela dit, il s'assit souverainement devant la table, où étaient restées la chandelle et l'écritoire, tira un papier timbré de sa poche et commença son procès-verbal.

Quand il eut écrit les premières lignes, qui ne sont que des formules toujours les mêmes, il leva les yeux :

— Faites approcher ce monsieur que ces messieurs avaient attaché.

Les agents regardèrent autour d'eux.

— Eh bien, demanda Javert, où est-il donc?

Le prisonnier des bandits, M. Leblanc, M. Urbain Fabre, le père d'Ursule ou de l'Alouette, avait disparu.

La porte était gardée, mais la croisée ne l'était pas. Sitôt qu'il s'était vu délié, et pendant que Javert verbalisait, il avait profité du trouble, du tumulte, de l'encombrement, de l'obscurité, et d'un moment où l'attention n'était pas fixée sur lui, pour s'élancer par la fenêtre.

Un agent courut à la lucarne, et regarda. On ne voyait personne dehors.

L'échelle de corde tremblait encore.

— Diable! fit Javert entre ses dents, ce devait être le meilleur!

XXII

LE PETIT QUI CRIAIT AU TOME TROIS

Le lendemain du jour où ces événements s'étaient accomplis dans la maison du boulevard de l'Hôpital, un enfant, qui semblait venir du côté du pont d'Austerlitz, montait par la contre-allée de droite dans la direction de la barrière de Fontainebleau. Il était nuit close. Cet enfant était pâle, maigre, vêtu de loques, avec un pantalon de toile au mois de février, et chantait à tue-tête.

Au coin de la rue du Petit-Banquier, une vieille

courbée fouillait dans un tas d'ordures à la lueur du réverbère ; l'enfant la heurta en passant, puis recula en s'écriant :

— Tiens ! moi qui avais pris ça pour un énorme, un énorme chien !

Il prononça le mot énorme pour la seconde fois avec un renflement de voix goguenarde que des majuscules exprimeraient assez bien : un énorme, ÉNORME chien !

La vieille se redressa furieuse.

— Carcan de moutard ! 'grommela-t-elle. Si je n'avais pas été penchée, je sais bien où je t'aurais flanqué mon pied !

L'enfant était déjà à distance.

— Kisss ! kisss ! fit-il. Après ça, je ne me suis peut-être pas trompé.

La vieille, suffoquée d'indignation, se dressa tout à fait, et le rougeoiement de la lanterne éclaira en plein sa face livide, toute creusée d'angles et de rides, avec des pattes d'oie rejoignant les coins de la bouche. Le corps se perdait dans l'ombre et l'on ne voyait que la tête. On eût dit le masque de la Décrépitude découpé par une lueur dans de la nuit. L'enfant la considéra.

— Madame, dit-il, n'a pas le genre de beauté qui me conviendrait.

Il poursuivit son chemin et se remit à chanter :

> Le roi Coupdesabot
> S'en allait à la chasse,
> A la chasse aux corbeaux...

Au bout de ces trois vers, il s'interrompit. Il était arrivé devant le numéro 50-52, et trouvant la porte fermée, il avait commencé à la battre à coups de pied, coups de pied retentissants et héroïques, lesquels décelaient plutôt les souliers d'homme qu'il portait que les pieds d'enfant qu'il avait.

Cependant cette même vieille qu'il avait rencontrée au coin de la rue du Petit-Banquier accourait derrière lui poussant des clameurs et prodiguant des gestes démesurés.

— Qu'est-ce que c'est? qu'est-ce que c'est? Dieu Seigneur! on enfonce la porte! on défonce la maison!

Les coups de pied continuaient.

La vieille s'époumonnait.

— Est-ce qu'on arrange les bâtiments comme
ça à présent !

Tout à coup elle s'arrêta. Elle avait reconnu le
gamin.

— Quoi ! c'est ce satan !

— Tiens, c'est la vieille, dit l'enfant. Bonjour,
la Burgonmuche. Je viens voir mes ancêtres.

La vieille répondit, avec une grimace composite,
admirable improvisation de la haine tirant parti de
la caducité et de la laideur, qui fut malheureuse-
ment perdue dans l'obscurité :

— Il n'y a personne, mufle.

— Bah ! reprit l'enfant, où donc est mon père ?

— A la Force.

— Tiens ! et ma mère ?

— A Saint-Lazare.

— Eh bien ! et mes sœurs ?

— Aux Madelonnettes.

L'enfant se gratta le derrière de l'oreille, regarda mame Burgon, et dit :

— Ah !

Puis il pirouetta sur ses talons, et, un moment
après, la vieille restée sur le pas de la porte l'entendit qui chantait de sa voix claire et jeune en

s'enfonçant sous les ormes noirs frissonnant au
vent d'hiver :

> Le roi Coupdesabot
> S'en allait à la chasse,
> A la chasse aux corbeaux,
> Monté sur des échasses.
> Quand on passait dessous,
> On lui payait deux sous.

TABLE

TABLE

LIVRE SEPTIÈME

PATRON-MINETTE

LIVRE HUITIÈME

LE MAUVAIS PAUVRE

TABLE 297

PARIS. — IMPRIMERIE DE J. CLAYE, RUE SAINT-BENOIT, 7.

ŒUVRES

DE

CHARLES HUGO

— —

ROMAN

LE	LA
COCHON DE Sr-ANTOINE	TIRELIRE DE THERESE
LA CHAISE DE PAILLE	UNE FAMILLE TRAGIQUE
CRAPOUILLET	LA BOHEME DOREE

THEATRE

JE VOUS AIME, *Comédie.*

—

EN PREPARATION :

LES MISERABLES, *Drame.*

PARIS. — IMPRIMERIE DE J. CLAYE, RUE SAINT-BENOIT, 7.